KB021344

청소년 명상록

청소년 명상록

초판 1쇄 발행 | 2009년 12월 30일
초판 5쇄 발행 | 2020년 12월 05일

지은이 | 마르쿠스 아우렐리우스
옮긴이 | 원혜정

발행인 | 김선희 · 대 표 | 김종대
펴낸곳 | 도서출판 매월당
책임편집 | 박옥훈 · 디자인 | 윤정선 · 마케터 | 양진철 · 김용준

등록번호 | 388-2006-000018호
등록일 | 2005년 4월 7일
주소 | 경기도 부천시 소사구 중동로 71번길 39, 109동 1601호
(송내동, 뉴서울아파트)
전화 | 032-666-1130 · 팩스 | 032-215-1130

ISBN 978-89-98702-14-4 (03880)

청소년 교양서 · 7

청소년 명상록

마르쿠스 아우렐리우스 지음

원혜정 옮김

매월당
MAEWOLDANG

차 례

제 1 장
배움에 대하여

1 베루스 할아버지(안토니누스 베루스, 마르쿠스는 아버지가 죽은 후 할아버지 집에서 지냄)께 청렴하고 온화한 인품을 배웠다.

2 아버지(P. 안토니누스 베루스, 젊은 나이에 죽음)의 평판과 그분에 대한 기억으로부터는 겸손하고 가식 없는 남자다운 성격을 배웠다.

3 어머니(도미티아 루킬라, 카틸리우스 세베루스의 손녀)께는 신에 대한 경외심과 자비, 그리고 나쁜 행동뿐만 아니라 나쁜 생각조차도 하지 말아야 한다는 것을 배웠으며, 부유한 사람들의 생활과는 거리가 먼 검소한 생활 태도를 익혔다.

4 증조할아버지(외증조할아버지인 카틸리우스 세베루스)께는 학교 교육보다는 훌륭한 선생님을 집으로 모셔서 배워야 한다는 것과 그것을 위해서는 돈을 아끼지 말아야 한다는 것을 배웠다.

5 가정교사이신 나의 스승으로부터는 녹파나 청파에 가담하지 않고(원형 경기장의 경기자나 검사들은 녹색 또는 청색 옷을 걸침) 검투사(劍鬪士)의 싸움에서 어느 한쪽을 응원해서는 안 된다는 가르침을 배웠으며, 고생을 참고 견디는 인내심과 자제력을 배웠다. 또 내 자신의 일은 내가 하고, 공연히 남의 일에 참견하지 않으며, 결코 남을 비방하는 이야기에 귀를 기울여서는 안 된다는 것을 배웠다.

6 나는 디오게네투스(화가이자 철학자로, 마르쿠스는 11세 때 그를 통해 스토아 철학을 처음으로 알게 됨)로부터 하찮은 일에 힘을 쏟아서는 안 되며, 마법사나 주술(呪術)로 기적을 일으킨다는 사람들의 말을 믿지 말 것이며, 싸움을 시키기 위해 동물을 기르거나 그런 오락은 피해야 하며, 그러한 것들로 흥분해서는 안 된다는 것, 그리고 솔직한 말은 받아들일 줄 알아야 한다는 것을 배웠다. 그리고 바키우스의 가르침을 배운 다음 탄다시스와 마르키아누스의 가르침에 이르기까지 철학에 친숙해져야 하며, 소년 시절에 대화편을 써야 하며, 맨몸으로 널빤지나 짐승 가죽 위에서 잠을 자는 등 보통의 그리스인들이 받는 엄격한 훈련을 받는 것을 꺼려해서는 안 된다는 것을 배웠다.

7 나는 루스티쿠스(마르쿠스에게 법률을 가르쳤던 스토아학파의 철학자로, 마르쿠스의 친구이기도 함)로부터 내 성격을 바로잡고 더 훈련해야 할 필요가 있다는 것을 깨달았으며, 궤변론자(Sophist)들의 수사법(修辭法)에 몰입함으로써 타락의 길로 빠져서는 안 된다는 것과, 확실하지도 않은 자신의 이론을 글로 쓰거나 훈계조로 엉터리 설교를 한다거나 금욕주의자나 이타주의자인 체해서는 안 된다는 것을 배웠다. 또한 나는 그로부터 수사학이라든가 시, 그리고 미사여구를 삼가야 하며, 집 안에서 화려한 몸치장을 한다거나 타락한 취미를 피해야 하며, 편지를 쓸 때는 루스티쿠스가 시누에사(이탈리아 캄파니아 지방의 거리 이름으로, 부유한 로마인의 별장 지대)에서 나의 어머니에게 썼던 편지와 같이 쉬운 문체로 써야 한다는 것을 배웠다. 또한 내게 화를 내거나 잘못을 저지른 사람이 나와 화해를 하고자 하면 부드러운 태도로 그들을 너그럽게 용서하는 것도 배웠다. 뿐만 아니라 책을 읽을 때는 정독을 해야 하며, 수다스런 사람들의 말에 쉽게 동의해서는 안 된다는 것을 배웠다. 또한 루스티쿠스는 자신의 서재에 있던 에픽테토스의 논문을 내게 주었는데, 그로 인해 난생처음 에픽테토스에 대해 알게 되었다.

8 나는 아폴로니우스(칼케돈에서 로마로 온 마르쿠스의 철학 선생으로, 스토아학파 철학자)로부터 모든 일에 요행을 바라지 말고 스스로 결정해야 하며, 한 순간이라도 이성을 잃어서는 안 된다는 것을 배웠다. 그리고 몹시 괴로운 상황에서도, 가령 자식을 잃었거나 오랫동안 병석에 누워 힘든 나날을 보낸다 할지라도 동요됨이 없이 언제나 한결같은 태도를 취해야 한다는 것을 배웠다. 또한 한 인간이 한편으로는 매우 사나우면서도 다른 한편으로는 온화할 수도 있다는 산 증거를 그를 통해 분명히 알게 되었다. 그럼에도 불구하고 그는 자신의 실제적인 경험과 철학을 가르치는 재능을 그의 재능 가운데 가장 보잘것없는 것으로 평가했다. 또한 나는 친구들에게 신세를 질 때 비굴해지거나 반대로 냉정하게 무시하지 않고 그 호의를 받아들이는 방법을 그에게서 배웠다.

9 나는 섹스투스(카이로네이아의 스토아학파 철학자)로부터 남에게 친절을 베푸는 것과 아버지다운 위엄으로 가정을 다스리는 법, 그리고 자연의 섭리에 따라 사는 삶의 진정한 의미를 배웠다. 또한 허세를 부리지 않는 위엄과 친구에 대한 세심한 우정, 교양이 없거나 분별없는 사람들에 대해서도 너그러운 마음으로 참아야 한다는 것을 배웠다. 그리고 그는 사람들과 어울릴 때 상대방에게 알맞은 예의를 지켰고, 그로 인해 주변 사람들은 그 어떤 사

귐보다 그와의 교제를 더 유쾌한 것으로 생각했으며, 그를 가장 존경할 만한 사람으로 받들었다. 또한 인생의 필수적인 원칙을 결정하고 체계화하는 그의 방법은 누구나 이해할 수 있을 정도로 일목요연했다. 그는 결코 분노 등의 어떠한 격한 감정도 드러내지 않았으며, 마음의 흔들림이 없이 항상 깊은 애정에 가득 차 있었다. 그는 남을 칭찬할 때에도 항상 지나치지 않았으며, 해박한 지식을 갖고 있었으나 그것을 과시하는 일도 없었다.

10 나는 비평가 알렉산더(문법학자로 호머의 주해서를 씀)로부터 남의 흠을 들추어내서는 안 되며, 저속한 말이나 문법에 어긋나는 말, 발음이 틀린 사람들이 있더라도 그들을 꾸짖어 창피를 주어서는 안 되며, 그들에게 대답이나 확신하는 말이 아닌 그 문제에 대해 함께 논의하면서, 혹은 그 이외의 다른 적당한 방법으로 은근히 암시해 줌으로써 올바른 표현을 일깨워주어야 한다는 것을 배웠다.

11 나는 스승이신 프론토(수사학자, 마르쿠스가 자신의 스승들 중에서 가장 존경했던 인물)께는 절대 권력(폭군)에 도사리고 있는 악의와 간교함과 거짓이 무엇인가를 배웠다. 그리고 우리들 사이에서 귀족이라고 불리는 사람들은 대체로 인간애의 감정이 결여되어 있다는 것을 배웠다.

12 나는 플라톤학파인 알렉산드로스(그리스인으로 마르쿠스의 비서)로부터 사람들과 대화하거나 편지를 쓸 때, 어쩔 수 없는 경우가 아니면 '너무 바빠서 시간이 없다.'는 말을 자주 사용해서는 안 된다는 것과 급한 용무가 있다고 핑계를 대면서 자신이 속해 있는 사회에 대한 의무를 회피해서는 안 된다는 것을 배웠다.

13 나는 스토아학파인 카툴루스로부터 친구가 비난을 할 경우에 비록 그것이 터무니없다 하더라도 무시해서는 안 되며, 오히려 그 친구의 호의에 부응하도록 최선을 다해야 한다는 것을 배웠다. 또한 도미티우스와 아테노도투스(프론토의 스승)에 관한 기록에서 볼 수 있듯이 자신의 스승에 대해 말할 때에는 언제나 진심으로 깊은 존경심을 가지고 해야 하며, 아이들에게는 진심 어린 애정을 쏟아야 한다는 것을 배웠다.

14 나의 형제인 세베루스(마르쿠스에게는 형제가 없었다. 아마도 소요학파인 클라우디우스 세베루스로 추측됨. 그의 아들이 마르쿠스의 둘째 딸과 결혼했으므로 형제라고 부른 것으로 보임)로부터 가족과 진리와 정의를 사랑해야 한다는 것을 배웠다. 또한 나는 그를 통해 트라세아, 카토, 헬비디우스, 디온 그리고 브루투스를 알게 되었으며, 만민 평등과 언론의 자유에 기초를 둔 공화국의 개념과 무엇보다도 국민의 자유를 존중하는 정치 형태의 개념을 알게 되

었다. 또한 그로부터 늘 철학을 존중하고 남에게 선행을 베푸는 일에 열중하며 관대함과 낙천적인 성품, 친구의 우정에 대한 믿음을 배웠다. 그는 어떤 사람을 꾸짖어야 할 때는 그 사람을 앞에 두고 솔직하게 꾸짖었으며, 그의 친구들이 그가 무엇을 좋아하고 무엇을 싫어하는지를 확실하게 알 수 있도록 솔직하게 말해 주었다.

15 나는 막시무스(스토아학파의 철학자. 마르쿠스의 총애를 받았으며 집정관을 지냄)께 자신을 이길 줄 아는 자제력과 확고한 목적을 가져야 한다는 것을 배웠다. 그리고 질병에 걸린다거나 그 외의 어떠한 불행 속에서도 항상 명랑해야 하고, 품위와 온화한 성품이 잘 조화를 이루어야 하며, 자신의 모든 의무를 고달프게 여겨서는 안 된다는 것을 배웠다. 그는 자신이 믿고 있는 그대로를 말하며, 옳다고 판단한 것만을 행동으로 옮긴다고 모든 사람들이 신뢰했다. 그는 결코 놀라거나 두려워하거나 서두르거나 늑장을 부리거나 당황하는 일이 없었으며, 낙담하여 의기소침해지거나 억지로 미소를 지어 보이거나 화를 내거나 질투하는 일이 없었다. 그는 항상 온화하고 관대하고 진실했으며, 그의 청렴하고 강직한 성품은 수양을 쌓아서 된 것이라기보다는 천성적으로 타고난 것이라는 인상을 주었다. 그에게서 멸시를 받았다고 생각하는 사람은 아무도 없었으며, 자신이 그보다 더 훌륭하다고 생각하는 사람도 없었다. 또한 그는 뛰어난 유머 감각을 지니고 있었다.

16 나의 양아버지(안토니누스 피우스 황제)께는 너그러움과 심사 숙고해서 내린 결정에 대해서는 추호의 흔들림이 없어야 하며, 속된 명예 따위에는 전혀 가치를 두지 말아야 한다는 것을 배웠다. 그리고 노동을 사랑하는 마음과 강한 인내심을 가져야 하며, 공익을 위해 바른말을 하는 사람들에게 귀를 기울여야 하며, 포상을 할 때도 공적에 따라 공평하게 해야 한다는 것을 배웠다. 또한 엄하게 다스려야 할 때와 고삐를 늦추어야 할 때를 잘 알아야 하며, 소년에 대한 연애를 금해야 한다는 것도 배웠다.

그는 사려가 깊었으며, 친구들에게 식사를 함께 하거나 자신의 여행에 동행하기를 강요하지 않았다. 부득이한 사정으로 그를 수행하지 못한 사람들에게도 한결같이 친절하게 대해 주었다. 심의해야 할 모든 문제에 대해서는 신중하고 끈기 있게 연구했으며, 소홀하게 처리하는 일이 없었다. 친구들에 대한 그의 우정은 변함이 없었으며, 변덕스럽거나 지나치지 않았다. 그는 어떤 일에 직면하여도 흔들리는 일이 없었으며, 항상 쾌활하고 긴 안목을 갖고 있었으며, 세심한 부분까지 조심성 있게 대처해 나갔다.

그는 칭찬과 아첨을 분간할 줄 알았고, 자신이 다스리는 로마 제국이 필요로 하는 일이 무엇인가를 항상 주의 깊게 살피고 여러 가지 자원을 빈틈없이 관리했으며, 그로 인해 일어나는 비난을 감수했다. 그는 미신을 믿지 않았으며, 사람들의 환심을 사기 위해 그들에게 허리를 굽힌다든지 그들을 기쁘게 해주려고 하기보다 묵묵히 그리고 꾸준히 자신의 길을 걸었으며, 결코 원색적이거나 신기한 것들을 추구하지 않았다. 그는 운명이 자신에게 제공해 준 물질적인 풍요로움을 아무런 만족이나 가책 없이 받아들여, 그것들이 있을 때에는 아무런 거리낌 없이 즐겼으며, 그것들이 없을 때에도 유감스럽게 생각하지 않았나.

그에게는 궤변가라든지 아첨꾼, 현학자라고 불릴 만한 것이 없었으며, 모든 사람들은 그가 아첨에 귀를 기울이지 않으며 자신과 다른 사람들을 완전히 다스릴 수 있으며, 성숙하고 완성된 인격체라고 생각했다. 그뿐 아니라 그는 진정한 철학자들을 존경했으며, 사이비 철학자들을 비난하지는 않았지만 그들에게 현혹되지도 않았다. 그는 사람들과 교제할 때에도 정중하면서도 사교적이었고 지나침이 없었다. 건강에 대한 그의 관심은 대단했지만, 그렇다고 오래 살고자 하는 간절한 욕망은 없었다. 그는 일부러 외모를 아름답게 꾸미려고 하지도 않았지만 외모에 소홀하지도 않았다. 그는 자신의 몸을 잘 돌보았기 때문에 의사의 치료를 받거나 약을 먹거나 바르는 일이 거의 없었다.

그는 웅변이나 법률, 윤리학이나 그 밖의 어떤 분야에 뛰어난 재능을 가진 사람에 대해 시기하지 않고 그들을 존중했으며, 뿐만 아니라 그들이 각자의 분야에서 명성을 얻을 수 있도록 도와주었다. 그는 모든 일에 선조들의 전통을 따랐지만, 사람들 앞에서 의도적으로 자랑 삼아 그렇게 행동하지는 않았다. 또한 그는 불안정함과 변화를 싫어했으며, 한곳에 머물거나 한 가지 일에 몰두하는 것을 좋아했다. 극심한 편두통을 앓고 난 후에도 그는 조금도 지체하지 않고 새로운 활력과 온 힘을 기울여 정상 업무를 수행했다. 그에게는 비밀이나 기밀문서가 많지 않았으며, 가지고 있는 것들도 모두 국가의 중대사에 관한 것들뿐이었다.

그는 공적인 행사, 공공건물의 신축, 기부금의 분배 등에도 신중했으며, 그들의 갈채보다도 항상 그 일의 필요성 여부를 생각했다. 그는 집무 시간에 목욕을 하는 일이 없었으며, 집을 짓는 일을 좋아하지 않았고, 음식이나 옷의 색깔과 옷감, 주위에 있는 사람들의 용모에 대해서는 거의 신경을 쓰지 않았다. 그의 옷들은 로리움(안토니누스 피우스의 별장이 있는 곳)에 있는 별장에서 가져왔고, 일상용품은 라누비움(라티움에 있는 도시로, 안토니누스 피우스의 출생지)에서 가져왔다. 투스쿠룸(로마 동남쪽 약 20킬로미터 지점에 있는 옛 도시)에 있는 세무 관리가 그에게 용서를 빌었을 때 그가 보인 행동은 유명한 일화로, 그 일은 그의 모든 행동을 단적으로 나타내는 표본이었다.

그는 사납거나 냉혹하거나 난폭하지 않았다. 그는 결코 흥분하는 일이 없었다. 그는 모든 일을 분석하고 저울질했으며 마치 시간은 충분하다는 듯이 조용하게 질서정연하고 단호하며 끈기 있게 처리했다. 소크라테스에 관해 전해 내려오는 것들은 그에게도 해당되는 말이었다. 즉 대부분의 사람들이 너무나 약해서 자제하지 못하는 것을 자제했으며, 지나치게 향락에 빠져 즐길 줄 모르는 쾌락들을 그는 즐길 줄 알았다. 막시무스가 병석에 누워 있을 때 보여준 것과 같이, 그는 어떠한 경우에도 자제할 줄 아는 강함, 자제력, 냉정함 등 불굴의 정신을 지닌 사람의 본보기였다.

17 나는 훌륭한 조상들과 훌륭한 부모와 훌륭한 자매, 훌륭한 스승들, 훌륭한 가족, 훌륭한 친척들, 훌륭한 친구들, 그리고 거의 모든 것들에 대해 신들에게 감사한다. 그들의 기분을 상하게 하기 쉬운 나의 성격에도 불구하고 그들 중 어느 누구와도 불화가 없었음에 대해, 또한 나를 그러한 시험에 들지 않게 해준 데 대해 나는 신들에게 감사한다.

그리고 내가 할아버지의 소실 밑에서 그다지 오랫동안 양육되지 않았던 것과, 내 스스로 순결을 지킴으로써 성급하게 성인이 되지 않고 나의 청년기를 연장할 수 있었음에 대해서 나는 신들에게 감사한다.

또한 내가 황제이신 나의 아버지 밑에서 자라게 된 것을 신들에게 감사한다. 그는 나의 모든 허영심을 없애주고 궁전에서 살되, 호위병이나 화려한 옷이나 장식용 횃불이나 조각품들, 그 밖의 외적인 화려함이 없이도 살아가는 지혜를 가르쳐주었다. 뿐만 아니라 거의 평민 수준으로 생활하면서도 비천해지지 않고 통솔자로서 위엄과 권위를 잃지 않는 것도 가르쳐주었다.

착한 성품으로 내게 자기 수양을 일깨워주고, 애정과 존경으로 내 마음을 기쁘게 해준 동생(루키우스 베루스, 마르쿠스의 의동생)을 가질 수 있었음에 대해서 신에게 감사한다. 그리고 내 자식들이 정신적 · 신체적 불구가 아닌 것을 신들에게 감사하고, 수사학과 시학, 그 밖의 학문에 깊이 빠져들지 않았던 것을 신들에게 감사한다. 만일 내가 그런 학문들을 깊이 연구했다면 아마 나는 거기에 전념했을 것이다. 또한 나의 스승들을 일찍 그들에게 적합한 높은 지위에 앉힐 수 있었음을 신들에게 감사한다. 그리고 나는 아폴로니우스, 루스티쿠스, 막시무스를 알게 되고 자연에 따라 사는 삶의 의미를 분명히 알게 되어 그것을 자주 마음속에 새길 수 있었음에 대해 신들에게 감사한다.

그리하여 내가 받은 신들의 은총과 도움과 영감은 나로 하여금 무조건 그러한 자연 생활을 받아들이도록 요구한다. 만일 내가 아직도 그 목표로부터 멀리 떨어져 있다면, 그 잘못은 나로 하여금 자연 생활을 상기시켜주는 신들의 암시에 주의를 기울이지 않은 나 자신에게 있는 것이다.

또한 나의 신체적 건강이 나의 생활을 오랫동안 감당해 낼 수 있게 한 것을 신들에게 감사하고, 내가 베네딕타(하드리아누스 황제의 첩)와 테오도투스(확실하지는 않지만 하드리아누스 황제가 총애했던 시녀)와 관계를 가진 일이 없음에 대해, 그 후 욕정에 사로잡혔을 때에도 그것에서 헤어날 수 있었음에 대해서 신들에게 감사한다. 그리고 가끔 루스티쿠스를 놀려주었으나, 그 후에 다시는 후회할 만큼 지나치지 않은 것에 대해서 신들에게 감사하고, 나의 어머니가 젊어서 돌아가실 운명에 빠져 있었지만, 마지막 몇 해를 나와 함께 지낼 수 있었던 것에 대해서 신들에게 감사한다.

또한 내가 가난한 사람들과 곤경에 처한 사람들을 돕고사 할 때마다 그들을 도울 수 있는 돈이 내게 있었음에 대해서, 그리고 나 자신이 남들에게 도움을 청해야 할 처지를 당한 일이 없었음에 대해서 신들에게 감사한다. 또한 온순하고 사랑스럽고 소박한 여인을 아내로 맞이할 수 있었음에 대해서, 나의 자식들을 위해 훌륭한 스승들을 모실 수 있었음에 대해서 감사한다.

꿈을 통해 여러 가지 치료법을 계시해 준 데 대해서, 특히 카이에타와 크리사에서 신탁을 통해 각혈과 현기증을 치료할 수 있게 해주신 데 대해서 신들에게 감사한다. 끝으로 내가 철학에 몰두했을 때, 소피스트들에게 현혹되거나 논문을 쓴다거나 삼단논법을 해결하기 위해 책상에서 나의 온 시간을 허비하지 않을 수 있었음에 대해서, 그리고 자연과학의 문제들에 빠져들지 않았음에 대해 신들에게 감사한다. 왜냐하면 이 모든 일들은 신들과 운명의 도움이 있었기 때문에 가능했던 것이다.

그라누아 강기슭, 콰디 족의 마을에서 씀

제 2 장

인생에 대하여

1 아침에 자리에서 일어나면 당신 자신에게 이렇게 말하라.
'오늘 나는 남의 일에 간섭하기를 좋아하는 사람이나 은혜를 모르는 사람, 오만한 사람, 교활한 사기꾼, 시기심이 많거나 이기적인 사람들을 만나게 될 것이다.' 라고. 그들이 그렇게 행동하는 것은 선이 무엇이고 악이 무엇인지를 모르기 때문이다. 그러나 나는 선의 본성은 아름답고 악의 본성은 추하다는 것을 알고 있으며, 악을 행하는 사람들의 본성도 나의 본성과 같으며, 그들도 같은 이성(理性)과 같은 신성(神性)을 부여받았으므로 나의 형제라는 것을 알고 있다. 그들 중 어느 누구도 나를 해치지 못한다. 왜냐하면 그들 중 어느 누구도 나를 수치스러운 일에 몰아넣을 힘이 없기 때문이다. 또한 나는 나의 형제인 그들에게 화를 낼 수 없으며, 그들을 미워할 수도 없다. 왜냐하면 우리들은 두 손발과 두 눈, 윗니와 아랫니처럼 서로 협력하도록 태어났기 때문이다. 그러므로 서로 반목하는 것은 자연의 섭리에 어긋나는 일이며, 어떤 사람에게 화를 내거나 미워하는 것은 그와 반목하는 것이다.

2 '나' 란 존재는 단지 육체와 숨결, 그리고 이성으로 되어 있다. 육체를 중요하게 생각하지 말라. 육체는 피와 뼈와 그물처럼 얽혀 있는 신경 조직, 그리고 정맥과 동맥에 지나지 않는다.

숨결은 무엇인가? 그것은 바람이며 일정치 않게 끊임없이 내뿜고 들이마시는 동작일 뿐이다. 그러나 당신은 모든 것을 지배하는 이성에 주목해야 한다. 책은 잊어버리고 더 이상 생각하지 말라. 책은 애초부터 당신의 일부분이 아니었다. 지금 죽음이 당신 앞에 와 있다고 생각하라. 당신은 늙었다. 더 이상 이성을 노예 상태로 내버려두어서는 안 된다. 이기적인 욕망에 조종되는 꼭두각시 상태로 내버려두지 말라. 그리고 당신의 과거와 현재의 운명에 대하여 불만을 느끼거나 불안한 눈으로 미래를 내다보지 않도록 하라.

3 신들이 하는 모든 일은 섭리로 가득 차 있고, 우연처럼 보이는 일도 자연의 원리나 신의 섭리에 의해 지배되는 것들이 서로 뒤얽혀 있는 것이다. 모든 것이 이 섭리로부터 나오며 여기에 필연이 있다. 그것은 당신 자신도 우주의 일부분이듯이 질서정연한 온 우주의 안녕을 위한 것이다. 자연에 의해 야기되는 것과 자연을 보존하는 것은 자연을 구성하는 모든 부분들을 위해 유익한 일이다. 더구나 우주를 보존하는 것은 변화이며, 단순한 원소들의 변화뿐만 아니라 원소들이 이루는 보다 큰 원소의 합성물들의 변화가 우주

를 보존하는 것이다. 이러한 생각들은 당신을 만족시켜줄 것이며 이를 당신의 신조로 삼아라. 책에 대한 갈망을 버려라. 그리하여 죽음이 당신을 찾아오더라도 불평하지 말고 진심으로 신들에게 감사하며, 즐거운 마음으로 죽음을 맞이할 수 있도록 하라.

4 당신이 그토록 시간을 끌어왔던 수많은 세월 동안 신들은 당신에게 얼마나 많은 구원의 기회를 주었는가 생각해 보라. 그럼에도 불구하고 당신은 그 기회를 활용하지 못했다. 그러나 이제 당신 자신도 우주의 일부분이며 당신이 그 우주의 어떤 지배자의 방사물(放射物)인가를 알아야 한다. 그리고 이제 당신에게 허용된 시간은 한정되어 있으며, 만일 당신이 그 제한된 시간을 이용하여 밝음 속으로 들어가지 않는다면, 시간은 지나가버리고 당신도 사라져버려, 더 이상 기회가 오지 않을 것이라는 것을 알아야 한다.

5 당신은 로마인으로서 그리고 한 남자로서 마땅히 그래야 하듯이, 당신에게 주어진 일을 일체의 잡념에서 벗어나 철저하게 참된 위엄과 애정과 자유와 정의감으로 처리해야 한다. 또한 당신이 모든 일을 처리함에 있어 그 일을 당신의 마지막 순간에 이른 심정으로, 모든 경솔한 짓과 이성의 지시에 어긋나는 감정적 탈선, 위선, 이기심, 자신의 운명에 대한 불만을 떨쳐버리고 행동해야 한다. 당신은 그렇게 할 수 있을 것이다. 평온하고 경건한 생활

을 영위하기 위해서 인간이 극복해야 할 일들은 얼마나 적은가! 위에서 말한 몇 가지 일들을 지키는 사람들에게 신들도 더 이상은 요구하지 않을 것이다.

6 오, 나의 영혼이여! 너 자신을 부끄러워하라. 너 자신을 부끄러워하라. 그렇게 하면 그대는 이미 자기 자신을 존중할 기회를 갖지 못할 것이다. 인간의 생애는 짧다. 당신의 인생은 벌써 종말이 가까운데 당신은 자신을 존중하지 않고, 당신의 행복을 다른 사람들의 영혼에 내맡기고 있다.

7 당신은 주변 환경 때문에 마음이 혼란스러워지는가? 그렇다면 좀 더 새롭고 좋은 다른 일을 배울 수 있는 시간을 갖고 방황을 멈추도록 하라. 그러나 또 다른 방황을 하지 않도록 조심하라. 왜냐하면 삶에 지쳐 모든 노력과 모든 생각을 지향할 아무런 목표도 갖고 있지 않은 사람들 또한 어리석은 자들이기 때문이다.

8 다른 사람들의 영혼 속에서 어떠한 일이 일어나고 있는지 알지 못하기 때문에 불행해지는 일은 거의 없다. 그러나 자기 자신의 영혼의 움직임을 조심스럽게 지켜보지 않는 사람은 반드시 불행에 빠지고 만다.

9 우주의 본질은 무엇인가? 나의 본질은 어떤 것인가? 나의 본질은 우주의 본질과 서로 어떻게 연관되어 있는가? 그리고 나의 본질은 우주의 본질의 어떤 부분을 이루고 있는가? 이러한 의문들을 항상 마음속에 간직하라. 그리고 당신 자신이 그 일부분을 이루고 있는 자연에 일치하는 당신의 말과 행동은 그 누구도 방해할 수 없다는 것을 잊지 말라.

10 테오프라투스(소요학파의 철학자로 아리스토텔레스의 제자이며 후계자)는 여러 가지 죄악들을 비교하면서 색욕(色慾)으로 인해 저질러진 죄악은 분노로 인해 저질러진 죄악보다 더 죄가 무겁다는 철학적 진리를 단언하고 있다. 왜냐하면 화가 난 사람은 이성을 잃은 가운데서도 다소의 고통과 양심의 가책을 느끼지만, 쾌락에 압도당하여 욕망으로 인해 죄를 짓는 사람은 그 악행에 있어서 보다 무절제하고 보다 나약하기 때문이다. 그러므로 쾌락을 느끼면서 죄악을 저지르는 자는 고통을 느끼면서 죄악을 저지르는 자보다 더 큰 비난을 받아야 한다는 테오프라투스의 주장은 정당하며, 경험과 철학이 모두 그것을 뒷받침하고 있다. 즉 전자는 자신의 욕망에 압도되어 그 욕망을 만족시키려는 열의로 인해 자발적으로 죄를 짓는 것이지만, 후자는 악한 일을 당하여 자제력을 잃고 죄를 짓는 것이다.

11 지금 이 순간에도 삶을 떠날 수 있는 사람처럼 모든 일을 행하고 말하고 생각하라. 만일 신들이 존재한다면 이 세상을 떠나는 것은 조금도 두려운 일이 아니다. 왜냐하면 신들은 당신을 나쁜 곳으로 인도하지는 않을 것이기 때문이다.

그러나 만약 신들이 존재하지 않거나, 존재한다 하더라도 인간의 일에 아무런 관심도 갖지 않는다면, 신들이 존재하지 않고 신의 섭리도 존재하지 않는 이 우주에 살고 있다는 것이 내게 무슨 의미가 있겠는가? 그러나 신들은 분명히 존재하고, 인간 세계를 다스리며, 인간이 절대적인 악에 빠지지 않도록 힘이 되어주신다. 만일 저 세상에 진정한 악이 존재한다 하더라도 신은 모든 사람들이 그 속으로 빠지지 않도록 손을 써주실 것이다. 인간을 나쁘게 만들지 않는 신이 어떻게 인간의 생활을 망치게 할 수 있겠는가?

대자연이 그러한 위험을 모를 만큼 무지할 리도 없으며, 또 그러한 위험을 알면서도 막거나 바로잡을 수 없기 때문에 간과한다는 것도 말이 안 된다. 또는 대자연이 실수로 선과 악을, 선한 사람과 악한 사람을 구별하지 않고 무분별하게 행할 만큼 능력이나 수완이 없을 리도 없다. 그러나 분명히 삶과 죽음, 명예와 불명예, 고통과 쾌락, 부와 빈곤 등 이 모든 일은 선한 사람이나 악한 사람을 막론하고 누구에게나 일어날 수 있는 것이다. 그러므로 이것은 그 자체로는 선도 악도 아니며, 행복도 불행도 아닌 것이다.

12 만물은 얼마나 빨리 사라지는가? 육체는 우주로 돌아가고, 그 기억은 영원 속에 사라진다. 또한 우리는 모든 감각적인 것들, 특히 쾌락으로 우리를 유혹하고 고통으로 우리를 위협하며 헛된 명성으로 우리를 부추기는 것들의 본질을 이해해야 한다. 이러한 것들은 얼마나 보잘것없고, 비열하며, 또 얼마나 천박하고, 얼마나 빨리 시들어버려 생명력을 잃고 마는가. 우리는 이 사실에 우리의 정신적 기능을 집중시켜야 한다. 우리는 말과 의견으로 명성을 쌓은 사람들의 참된 가치를 파악할 줄 알아야 하며, 죽음의 본질을 이해해야 한다. 죽음을 분석하여 죽음에 대한 환상들을 제거해 버리면, 죽음은 자연의 한 과정에 지나지 않는다는 것을 알 수 있다. 자연의 현상을 두려워하는 것은 너무나 유치한 짓이다. 아니, 죽음은 단순한 자연의 과정이라기보다는 오히려 자연의 안녕을 위해 매우 유익한 일이기도 하다. 인간은 신과 어떻게 접촉하고 있는가? 인간의 어떤 부분이 신과 접촉하게 되는지, 그리고 인간의 그 부분은 어떻게 되어 있기에 그런 접촉이 가능한가?

13 어느 시인의 말처럼 땅속 깊숙이 파고들어 샅샅이 조사한다든지, 항상 다른 사람들이 무엇을 느끼고 무엇을 생각하는지를 살피며 모든 것을 피상적으로 이해하려고 하는 사람보다 더 비참한 사람은 없다. 그런 사람은 자기 자신의 마음속에 있는 신성

에 관심을 갖고 그 영혼을 충실히 섬기는 일이 자신에게 정말 중요하다는 사실을 깨닫지 못하고 있는 것이다.

자기 자신의 마음속에 있는 신성을 섬긴다는 것은, 격정과 방황, 신이나 인간의 행위에 대한 불만으로부터 영혼을 보호하여 순수한 상태 그대로 지켜나가는 것이다. 왜냐하면 신에게서 오는 것은 그 우월성으로 인해 존중되어야 하며, 인간에게서 오는 것은 선악에 대해 무지하기 때문에—이는 흑백을 구별하는 능력을 빼앗긴 것 못지않은 결함이다.—가엾게 여겨야 하며, 그들은 우리의 형제이므로 사랑해야 한다.

14 당신이 비록 3천 년, 아니 3만 년을 산다 할지라도 당신이 잃을 수 있는 것은 오직 당신이 영위하고 있는 이 순간의 삶뿐이며, 당신이 소유할 수 있는 것 또한 당신이 잃고 있는 이 순간의 삶뿐임을 명심해야 한다. 그러므로 오래 산 삶이든 짧게 산 삶이든 결국은 마찬가지다. 왜냐하면 현재라는 이 순간은 모든 사람이 똑같이 소유하고 있지만, 일단 지나가버린 과거는 이미 우리의 것이 아니기 때문이다. 누가 이미 지나가버린 과거를 잃을 수 있으며, 누가 아직 오지 않은 미래를 잃을 수 있겠는가? 어떻게 자기가 소유하고 있지 않은 것을 잃을 수 있겠는가?

그러므로 다음의 두 가지 사실을 항상 명심하라. 첫째, 만물은 태초부터 똑같은 순환을 반복해 왔으므로 당신이 그 똑같은 광경을 백 년 또는 2백 년, 아니면 영원히 지켜본다 하더라도 조금도 다를 것이 없다는 것이다. 둘째, 가장 오랫동안 산 사람이든 가장 짧게 산 사람이든 잃는 것은 동일하다. 왜냐하면 인간이 소유하고 있는 것은 현재뿐이므로, 인간이 잃을 수 있는 것 또한 오직 현재의 이 순간뿐이며, 소유하고 있지 않은 것을 잃을 수는 없기 때문이다.

15 '모든 것은 생각하기 나름' 이라는 견유학파 모니무스(디오게네스의 제자)의 말에는 분명 반박의 여지가 있긴 하지만, 이 말이 진리를 내포하고 있는 한 이 말의 핵심적인 의미를 받아들인다면 그의 말은 가치가 있는 것이다.

16 인간의 영혼이 자기 자신을 해치는 경우는, 첫째로 사물에 대해 불만을 품을 때이다. 왜냐하면 어떤 사물에 대해 불만을 품는 것은 그 사물의 본질과 모든 개별적인 부분들의 본질을 내포하고 있는 자연에 대한 이탈이기 때문이다. 두 번째는 화난 사람들의 영혼이 그러하듯이 어떤 사람에게 등을 돌리고 악의를 품고 그에게 대항할 때이다.

그리고 세 번째는 영혼이 쾌락이나 고통에 사로잡혀 있을 때이며, 네 번째는 거짓된 말이나 행동, 또는 위선적인 말이나 행동을 할 때이며, 다섯 번째는 영혼이 어떤 목표를 향해 노력하거나 행동하지 않고, 아무런 목적도 없이 마구 자신의 힘을 낭비할 때이다. 왜냐하면 아무리 사소한 행동이라 할지라도 어떤 목표를 지향해야 하며, 이성을 지닌 인간이 지향해야 할 목표는 우주와 자연의 이성과 법칙에 따르는 것이기 때문이다.

17 인간의 삶에 있어서 그가 존재하는 시간은 찰나(극히 짧은 순간을 의미함)에 불과하며, 그의 존재는 하나의 흐름이고, 그의 감각은 희미한 불빛이며, 그의 육체는 벌레들의 먹이이고, 그의 영혼은 불안한 회오리바람이며, 그의 앞날은 어두워 예측할 수 없고, 그의 명성은 불확실하다. 한 마디로 말해서 육체적인 모든 것은 흐르는 물과 같고, 영적인 것은 모두 꿈이나 연기와 같이 공허하다. 즉 인생은 투쟁이고 나그네의 행로이며, 사후의 명성은 망각에 불과하다.

그렇다면 우리를 인도할 수 있는 것은 무엇인가? 그것은 오직 하나, 철학뿐이다. 철학은 우리의 영혼이 더럽혀지거나 상하지 않도록 보호해 준다. 철학은 쾌락이나 고통보다 강하고, 결코 목적 없이 행동하거나 거짓되게 위선적으로 행동하지 않으며, 다른 사람들의 행위나 무위(無爲)에 개의치 않고, 자신에게 발생하는 일이나 주어지는 모든 일을 자신이 나온 근원으로부터 오는 것으로 받아들이며, 죽음을 단지 그 생명체를 이루고 있는 원소들의 분해에 지나지 않는다고 생각함으로써 항상 만족스러운 마음으로 죽음을 기다린다. 원소들 자신이 원소들의 끊임없는 결합과 재결합으로 인해 아무런 해도 입지 않는다면, 어찌하여 만물의 변화와 분해를 의혹에 찬 눈으로 바라보겠는가? 죽음은 자연에 합치되는 일이며, 자연에 합치되는 일에는 악이란 있을 수 없다.

카르눈툼에서 씀

제 3 장 운명에 대하여

1 사람은 인생이 나날이 소모되어감에 따라 우리에게 남아 있는 날들이 점점 줄어드는 것만을 염두에 두어서는 안 된다. 왜냐하면 비록 어떤 사람의 수명이 연장된다 하더라도 그가 과연 앞으로도 변함없이 사물을 올바로 이해하고 신과 인간에 관한 지식을 추구하는 힘을 계속해서 지니고 있을지의 여부도 우리는 감안해야 하기 때문이다.

치매가 시작되는 경우 호흡이나 소화 · 감각 · 충동 등의 기능을 잃지는 않지만, 자기 자신을 잘 지키고 의무를 정확히 분별하며 현실을 분석하고 지상에서의 삶을 마무리할 때가 아닌가 하는 판단과, 그 밖에 잘 훈련된 사고를 필요로 하는 일들을 처리하는 능력은 이미 약해지고 있기 때문이다. 그러므로 우리는 서두르지 않으면 안 된다. 시시각각으로 죽음이 다가오고 있기 때문만이 아니라, 죽기 전에 이미 사물에 대한 우리의 이해력과 통찰력이 제구실을 하지 못하기 때문이다.

2 자연 현상에 따라 일어나는 결과에도 아름다움과 매력이 있음을 깨달아야 한다. 예를 들어, 빵을 구울 때 빵의 표면이 갈라지는 경우가 있는데, 이런 균열은 빵을 굽는 사람이 의도적으로 만든 것은 아니지만 그 나름의 독특한 멋을 지니고 있어 우리들로 하여금 먹고 싶은 충동을 느끼게 한다. 또 무화과 열매가 무르익어 활짝 벌어지거나, 감람나무 열매가 무르익었기 때문에 그 아름다움은 한층 더하다. 또 알알이 영글어 거의 땅에 닿을 듯 고개를 숙이고 있는 수수 이삭, 성난 사자의 이마에 잡힌 주름, 멧돼지의 입에서 내뿜는 거품, 그 밖에 이와 비슷한 많은 것들은 그 자체만을 따로 떼어본다면 조금도 아름답지 않을 것들이 자연 현상의 결과이기 때문에 훨씬 더 아름답게 보이며, 우리들을 매혹시킨다.

그러므로 모든 자연 현상에 대한 깊은 통찰력과 감수성을 갖고 있는 사람에게는 이러한 자연 현상의 부수적인 것들까지도 즐거움을 더해주는 것처럼 보이는 것이다. 그런 사람은 사나운 짐승이 입을 딱 벌린 것만 보아도 마치 그림이나 조각품을 대하듯이 감탄하며 감상할 것이다. 또 분별력 있는 눈으로 늙은 남자나 여자에게서 완숙미를 발견할 것이며, 젊은 사람들의 아름다움도 순수한 눈으로 바라볼 수 있을 것이다. 그러나 이러한 일들은 모든 사람들에게서 일어나는 것은 아니며, 오직 자연과 그 조화에 진정으로 친밀감을 갖는 사람들에게서만 일어나는 것이다.

3 히포크라테스(서양 의학의 시조이며 그리스 최대의 의학자. '인생은 짧고 예술은 길다.' 라는 말을 남겼고 의학의 아버지라고 불리며 '히포크라테스 선서' 로 유명함)는 많은 사람들의 질병을 고쳐주었지만 그 자신은 병들어 죽었다. 칼데아의 점성술사들은 많은 사람들의 죽음을 예언했지만 결국 그들 자신도 죽음의 운명을 벗어나지 못했다.

황제 알렉산더나 영웅 폼페이우스, 카이사르(시저) 등은 수차례에 걸쳐 모든 도시 국가들을 함락시키고 전투에서 수많은 기병과 보병을 무찔렀지만 결국 그들도 죽고 말았다. 자연철학자인 헤라클레이토스(이오니아의 철학자로서 만물의 기원은 불이라고 함)는 불에 의한 우주의 소멸에 대해 깊이 연구했으나, 정작 그는 몸속에 물이 가득 차(수종병을 의미함) 쇠똥을 뒤집어쓰고 죽었다.(의사들의 주장에 의하면 쇠똥의 열에 의해 환자의 몸에 가득 차 있는 수분이 증발되도록 하였다고 함) 데모크리토스(히포크라테스와 같은 시대의 사람으로 우주는 무한한 원자들의 무한히 다양한 결합에 의해 형성되었다고 주장함)는 이[蝨]에 물려서 죽었으며(아마도 소크라테스 죽음의 예로 보아 참소당해 죽은 것을 비유한 듯함), 소크라테스는 다른 종류의 해충(밀고자들)에 의해 죽었다.

이러한 사실들은 무엇을 의미하는가? 즉 당신은 인생이라는 배를 타고 항해를 하다가 항구에 도착했다. 자, 육지에 오르라. 비록 다른 삶을 맞이하게 되더라도 그곳이라고 신들이 없겠는가? 만일 무감각한 상태에 이르게 된다면 당신은 쾌락과 고통으로부터 벗어날 것이며, 당신의 영혼은 당신이 타고 온 배인 당신 육체의 노예 상태로부터 풀려날 것이다. 노예가 그 주인보다 훨씬 우월하다. 왜냐하면 전자는 정신이며 신성임에 반해서, 후자는 흙이며 핏덩어리에 불과하기 때문이다.

4 상호간의 이익을 위한 일이 아니라면 다른 사람들의 일로 당신의 여생을 낭비하지 말라. 다른 사람이 무슨 말을 하고 왜 그런 말을 하는지, 무슨 생각을 하며 왜 그런 생각을 하는지, 무엇을 계획하고 있으며 왜 그런 계획을 세우는지 따위의 생각에 골몰하는 것은 당신의 이성을 주시할 기회와 다른 일을 할 기회를 빼앗는 것을 의미한다.

당신의 생각이 공허한 생각과 망상, 특히 남의 일에 대한 간섭과 악의로 흐르지 않도록 조심하라. 그리하여 어떤 사람이 갑자기, '당신은 지금 무슨 생각을 하고 있는가?' 라고 묻더라도 항상 솔직하고 거리낌 없이, '나는 이러이러한 생각을 하고 있다.' 라고 대답할 수 있도록 하라. 사회적 존재로서 마땅히 그래야 하듯이 당신의 내부에 있는 모든 생각들이 순수하고 꾸밈없는, 즉 알려지면 얼굴이 붉어질 마음속의 쾌락, 관능적 쾌감, 적대적 감정, 질투,

의심 등의 감정이 전혀 깃들지 않은 것임을 증명해 줄 수 있는 대답을 할 수 있도록 해야 한다.

실로 이런 인간은, 즉 지금부터라도 더욱 훌륭한 인간이 되기 위해 노력하는 사람이야말로 진정한 성직자이며, 신들의 종인 것이다. 그는 자신의 내부에 확립되어 있는 정신과 올바른 관계를 유지하고 있으며, 그러한 관계는 그를 쾌락에 의해 타락하지 않는 사람, 고통에 의해 상처받지 않는 사람, 모욕에 의해 마음이 흔들리지 않는 사람, 악에 물들지 않는 사람으로 만드는 것이다.

그리하여 그는 어떠한 격정에도 압도당하지 않으며 정의에 깊이 뿌리박고 자신의 운명과 처지를 온 영혼으로 받아들이며 서로의 이익을 위한 일이 아니면 다른 사람이 무슨 말을 하는지, 무엇을 생각하는지, 어떤 행동을 하는지 생각하지 않는다. 그는 항상 자연으로부터 할당받은 자기 자신의 운명과 일에만 전념한다. 그는 자신의 운명을 훌륭한 것이라고 확신하고 있으며 그런 그의 행동은 아름답다. 왜냐하면 누구나 자신에게 주어진 운명을 짊어지고 나아가며, 정해진 그의 운명이 그를 이끌기 때문이다.

또한 그는 이성을 부여받은 존재는 모두가 동족이며, 모든 사람을 사랑하는 것은 인간의 본성에 따르는 일이라고 생각한다. 또한 그는 세론(世論)에 동요되지 말고 오직 자연의 섭리에 따라 살아가는 사람들의 견해에 따라야 한다는 것을 알고 있다. 반면 자연의 섭리에 따라 살아가지 않는 사람들에 대해서는, 그들이 집 안에서와 밖에서 각각 어떤 사람인지, 낮에는 어떤 사람이며 밤에는 어떤 사람인지, 그리고 어떤 사람들과 교제하는지를 항상 염두에 둔다. 그는 이러한 사람들의 칭찬을 중요하게 여기지 않는데, 그들은 자신에게조차도 불만을 품고 있는 사람들이기 때문이다.

5 무슨 일을 마지못해서 하거나, 이기심에서 하거나, 무분별하게 마음에도 없는 일은 하지 말라. 당신의 생각을 아름답게 꾸미지 말고, 말을 지나치게 많이 하거나 남의 일에 간섭하지 말라.

당신의 마음속에 있는 신성으로 하여금 사람다운 사람, 성숙한 사람이 되어 정치에 관여하며 로마인으로서 또는 지배자로서 언제라도 기꺼이 죽음을 맞이할 준비를 갖추고 퇴각 신호를 기다리며 자신의 위치를 고수한 전쟁터의 병사와 같은 한 사람의 지배자, 자신이나 다른 사람들의 맹세와 증언을 필요로 하지 않는 한 사람의 지배자가 되게 하라. 마음을 맑게 하라. 남의 도움을 구하지 말며, 남이 주는 평안도 바라지 말라. 남이 자신을 세워주는 것이 아니라 자기 스스로 똑바로 서야 하는 것이다.

6 만일 당신이 인생에의 정의 · 진리 · 절제 · 용기보다 더 훌륭한 일, 예컨대 올바른 이성에 따라 행동할 때 당신 자신에 대해

느끼는 만족이나, 스스로 선택한 것이 아니라 선택의 여지가 없는 당신 운명의 만족에서 느끼는 마음의 평화보다 더 훌륭한 것을 발견할 수 있다면, 다시 말해서 보다 높은 어떤 이상을 발견할 수 있다면 당신의 영혼을 다해 그 최선의 것을 따르고 즐겨라.

그러나 당신의 마음속에 확립되어 있는 신성보다 더 훌륭한 것이 발견되지 않는다면, 즉 이 신성보다 더 고귀하고 가치 있는 것은 없다는 것을 알게 되었다면, 당신의 마음속에 그 어떤 것도 파고들 여유를 남겨두지 말라. 신성은 모든 개인적인 충동을 자신의 지배하에 두며, 소크라테스가 말한 것처럼 모든 생각들을 면밀히 검토하여 감각적인 유혹에서 벗어나 신들에게는 충성을 맹세하고 인간에게는 연민을 맹세한다.

만일 당신이 신성 이외의 것에 마음을 기울이게 되면 당신에게 주어진 선(善)을 섬김에 있어서 심한 정신적 혼란을 겪게 될 것이다. 이성에 속하지 않는 것, 공공의 이익에 속하지 않는 것은 비록 그것이 아무리 사람들의 찬양을 받고 권력과 부와 쾌락을 가져다준다 할지라도 결코 선이라고 할 수 없다. 그러한 것들은 일시적으로는 훌륭한 삶처럼 보일지 모르지만, 곧 인간을 압도하여 길을 잃게 한다.

그러므로 당신은 스스로 최선의 것을 선택하여 오로지 그것을 향해 나아가라. 그런데 보다 선한 것이란 유용한 것을 말한다. 만일 그것이 이성적 존재로서 당신에게 최선의 것이라면 그것에 집중하라. 그러나 그것이 동물적 존재로서 당신에게 최선의 것이라면, 솔직하게 그렇다고 인정하고 겸손한 마음으로 당신의 판단을 고수하라. 다만 그 문제에 대한 당신의 검토가 올바르게 행해지도록 주의해야 한다.

7 당신으로 하여금 신용과 자존심을 잃게 하고, 다른 사람을 미워하고 의심하며 저주하고, 위선을 행하여 남에게 발각되지 않도록 휘장을 쳐야 하는 욕망으로부터 얻어지는 이익들을 당신 자신에게 유익한 것으로 평가하지 말라. 자신의 내부에 있는 이성과 영혼, 그리고 이들의 우월성을 믿고 이들을 신봉하는 편을 택한 사람은 위장하거나 불평하지 않으며, 고독하지도 않고 많은 사람들과의 교제도 필요치 않을 것이다.

그리고 무엇보다도 그는 무엇을 추구하거나 회피하는 삶을 영위하지 않는다. 또한 그에게는 자신의 영혼이 자신의 육체에 얼마나 오랫동안 머물게 될 것인가는 전혀 문제 삼지 않는다. 마지막 순간이 온다 하더라도 그는 일상적인 일을 하듯이 태연하고 경건하게 죽음을 맞이할 것이다. 일생을 통해 그가 염원하는 것은 오직 그의 마음이 이성적이며 사회적인 존재로서 가야 할 길에서 벗어나지 않도록 하는 것뿐이다.

8 스스로 자기 수양과 정화에 힘쓴 사람의 정신 속에는 부패하거나 부정한 것, 그리고 겉은 깨끗하지만 속은 곪아 있는 상처 같은 것은 일체 볼 수 없을 것이다. 그의 일생은 마치 비극 배우가 자신의 역할을 끝마치지 않고 연극이 끝나기도 전에 무대를 떠날 때처럼 미완성 상태로 생을 끝내버리지는 않는다. 뿐만 아니라 그에게는 비굴함이나 오만함도 없으며 다른 사람에 대한 추종심이나 배타심도 없다. 그리고 비난받을 만한 행위나 숨기고 있는 것이 아무것도 없다.

9 당신의 사고 능력을 존중하라. 당신의 내부에 있는 키잡이로 하여금 자연과 이상적 존재의 본질과 충돌하지 않고 항해할 수 있게 하는 것이 바로 이 사고 능력이다. 또한 당신은 이 사고 능력에 의해 오류에 빠지지 않고 동료들과 훌륭한 인간관계를 유지하며 신들의 뜻에 어긋나지 않을 수 있는 것이다.

10 다른 모든 것을 버리고 다음의 몇 가지 진리에만 집착하라. 인간은 현재, 즉 이 순간만을 살고 있다는 사실을 명심하라. 그 밖의 삶은 이미 지나가버렸거나 아니면 불확실한 미래의 것일 뿐이다. 모든 인간은 그 향유하는 삶의 순간이 극히 짧으며, 그가 생활하는 장소 또한 지구상의 한 모퉁이에 지나지 않는 보잘것없

는 존재이다. 또한 아무리 훌륭한 명성이라 할지라도 그것은 하찮은 것이다. 왜냐하면 사후의 명성은 태어났다가는 이내 사라져버리는 하찮은 존재들의 계승에 달려 있으며, 자기 자신조차도 모르는 그들이 오랜 옛날에 죽은 사람을 기억할 리가 없기 때문이다.

11 앞에서 말한 충고에 한 가지를 더 덧붙이도록 하겠다. 당신의 생각 속에 무엇인가가 떠오를 때마다 항상 그 대상의 근원적인 본질, 즉 모든 부수적인 속성들이 제거된 참모습을 파악할 수 있도록 당신 자신에게 그 대상에 대해 정의를 내리거나, 아니면 적어도 그 대상에 대해 자세하게 설명해 주도록 하라. 그러면 당신은 그 대상 자체와 그 대상을 이루고 있는 요소들, 즉 그 대상이 분해되면 다시 그 대상으로 환원되는 각각의 요소들을 분명히 파악할 수 있을 것이다.

당신이 살아가는 동안에 인생에서 만나게 되는 모든 것들 하나하나에 대해 조직적으로 정확하게 검토할 수 있는 이 능력만큼 마음을 풍부하게 해주는 것은 없다. 즉 그 대상이 우주에 대해 어떤 가치를 지니고 있으며, 전체에 대해서는 어떤 가치를 지니고 있고, 그리고 최고의 국가—그 국가에 비하면 다른 국가는 모두 그 안의 한 채의 가옥에 지나지 않는—의 시민인 인간에 대해서는 어떤 가치를 지니고 있는가를 고찰하고, 그것이 무엇이며 어떤 요소들로 구성되어 있는가, 지금 이 순간에 내게 이런 인상을 주고 있는 이 대상은 얼마나 오랫동안 지속될 것이며, 이러한 대상에 대해 온유 · 용기 · 진실 · 믿음 · 충성 · 성실 · 만족 등의 덕 중에서 어떤 덕이 나에게 필요한가를 살피는 것처럼 우리의 마음을 풍부하게 해주는 것은 없다.

그러므로 우리는 어떠한 경우에도 이렇게 말해야 한다. 이것은 신의 선물이다. 이것은 운명과 우연의 일치에서 할당된 것이다. 이것은 자연의 섭리에 따른 것이 무엇인지 알지 못하는 나의 동족, 친족, 형제인 어떤 사람으로부터 온 것이다. 그러나 나는 자연의 섭리를 알고 있으므로 형제애라는 자연의 법칙에 따라 친절하고 공정하게 그들을 대한다. 동시에 나는 선악의 문제가 내재되어 있지 않은 일들에 대해서도 각각의 가치를 확인하려고 한다.

12 만일 당신이 눈앞에 있는 일들을 항상 이성의 법칙에 따라 열성을 가지고 활기차게, 그리고 인간애를 가지고 수행하며, 당신 마음속에 있는 신성을 언제라도 되돌려줄 수 있도록 혼란시키지 않고 순수한 상태로 보존한다면, 그리하여 만일 당신이 아무것도 기대하지 않고, 아무것도 회피하지 않으며, 행동함에 있어 자연의 섭리와의 일치를 추구하고, 말을 함에 있어 두려워하지 않고 진실함을 추구한다면 당신은 훌륭한 삶을 영위하게 될 것이며 어느 누구도 당신을 가로막지는 못할 것이다.

13 의사들이 언제나 구급 치료에 대비하여 기구와 메스를 항상 곁에 준비해 두는 것처럼, 당신도 신적인 것과 인간적인 것 양쪽을 모두 이해할 수 있도록 항상 당신의 원칙들을 간직하고 있어야 한다. 그리하여 극히 사소한 행위에 있어서도 신과 인간이 얼마나 긴밀하게 결합되어 있는가를 항상 잊지 말아야 한다. 왜냐하면 어떤 인간적인 일도 신적인 일을 떠나서는 올바로 행해질 수 없으며, 또한 신적인 일도 인간적인 일을 떠나서는 올바로 행해질 수 없기 때문이다.

14 더 이상 방황하지 말라. 이제 당신은 이 비망록이나 고대 로마인과 그리스인들의 언행록과 당신이 자신의 노후를 위해 책에서 뽑아 놓은 글들을 읽을 기회가 없을 것이다. 그러므로 허황된 소망을 버리고 최후의 목적을 향해 서둘러라. 만일 당신이 조금이라도 당신 자신을 존중한다면, 할 수 있는 동안에 당신 자신을 구원하라.

15 인간은 도둑질이라든가 씨 뿌리기, 물건 구매, 침묵하는 것, 무엇을 해야 할지 궁리해 보는 것 등과 같은 일이 의미하는 바를 충분히 이해하지 못한다. 이것은 육안으로 볼 수 있는 것이 아니라 어떤 다른 종류의 통찰력(혜안)을 감지해야 하는 것이다.

16 육체와 영혼과 이성—육체에는 감각이 속해 있고 영혼에는 욕구가 속해 있으며 이성에는 원칙이 속해 있다. 그런데 감각을 느끼는 능력은 갇혀 있는 가축에게서도 볼 수 있으며, 충동의 밧줄에 조종되는 것은 야생 동물과 매춘부와 같은 자와 팔라리스(BC 6세기경 시칠리아의 폭군)나 네로 같은 자에게서도 찾아볼 수 있다. 그리고 사물을 올바로 판단하는 이성은 신들을 믿지 않는 자와 조국을 배반하는 자 또는 문을 걸어 잠그고 그 안에서 죄악을 범하는 자들도 갖고 있다.

그 밖의 모든 것들이 이러한 자들의 공통된 유산임을 감안할 때 착한 사람의 특성으로 남게 되는 것은, 자신에게 일어나는 모든 일과 자신의 운명이 가져다주는 모든 것들을 기꺼이 받아들이고 사랑하는 일이다.

그리고 자신의 마음속에 있는 신성을 무질서한 상념과 생각들로 더럽히거나 혼란시키지 않고 순결하게 보존하며, 설사 세상 사람들 모두가 그의 말과 행동에 담겨 있는 진리와 정의를 믿지 않는다 할지라도, 진리만을 말하고 정의만을 행하며 겸손하게 자신의 마음속에 있는 신성에 따르는 것이다.

또한 그것은 자신이 성실하고 겸손하며 착하게 살아가고 있다는 것을 아무도 믿어주지 않는다 하더라도, 아무에게도 화를 내지 않고 자기 운명의 지시에 따르면서 삶이 다할 때까지 조금도 흔들림이 없이 순결과 평화 속에서 삶에 집착하지 않으며 자신의 길을 걸어갈 것이다.

제 4 장 죽음에 대하여

1 우리를 지배하는 내부의 힘이 자연과 일치한다면, 그 힘은 환경이 제공하는 가능성과 기회에 대해서 항상 스스로를 기꺼이 적응시키려 할 것이다. 그 힘은 어떤 특수한 환경에도 영향을 받지 않으며 자신의 목적을 향해 나아감에 있어 타협적이다. 그리하여 그것은 마치 불이 자신을 덮치는 모든 것들을 태워버리듯이, 자신의 전진에 방해가 되는 모든 것들을 자신을 위한 것들로 바꾸어버린다. 약한 불이라면 자신을 덮치는 것들에 의해 꺼져버리겠지만, 강한 불은 그것이 무엇이건 재빨리 낚아채어 태워버리고는 오히려 그 장애물들로 인해 더욱더 높이 치솟는 것이다.

2 어떠한 일도 함부로 처리하면 안 된다. 그 일의 실행함에 있어 꼭 필요한 원칙을 지켜 처리하라.

3 대부분의 사람들은 시골이나 바닷가, 또는 산 속에 은신할 곳을 마련한다. 당신도 그러한 은신처를 바랄 것이다. 그러나 이

것은 대단히 평범하고 속된 생각이다. 왜냐하면 당신은 언제라도 당신 자신 안에서 휴식을 취할 수 있기 때문이다. 사실 자기 자신의 영혼보다 더 조용하고 안락한 은신처는 아무 데도 없다. 특히 잠시 동안의 명상만으로 곧 완전한 평안을 얻을 수 있는 그 어떤 것을 자신의 내부에 갖고 있는 사람의 경우는 더욱 그러하다. 여기서의 평안은 잘 정돈된 마음의 상태를 의미한다. 그러므로 언제나 이 은신처를 자기 안에 마련하여 당신 자신을 항상 새롭게 하라. 간결하면서도 근본적인 원칙들이 포함되도록 당신 삶의 원칙을 세워라. 그런 원칙이라면 생각만 해도 금세 모든 괴로움이 사라지고, 당신이 행해야 할 의무에 유쾌한 마음으로 돌아올 수 있을 것이다.

그런데 당신은 대체 무엇 때문에 괴로운가? 인간의 사악함인가? 그렇다면 모든 이성적 존재들은 서로를 위해 태어났으며 인내는 정의의 한 부분이고, 인간은 자기가 의도하지 않았음에도 잘못을 저지른다는 것을 상기하라. 그리고 수많은 사람들이 서로에게 적의와 의혹과 증오심을 품고 서로 다투었기 때문에, 지금은 무덤 속에 누워 있거나 아니면 연소되어 먼지와 재로 변해 버렸음을 상기하고 더 이상 괴로워하지 말라.

아니면 우주로부터 당신에게 할당된 당신의 운명 때문에 괴로운가? 그렇다면 '세계에는 신의 섭리가 있는가, 아니면 원자만 있어서 우연히 결합되는가?' (우주는 마르쿠스와 스토아학파들이 믿었던 것처럼 이성과 신의 섭리에 의해 지배되는가, 아니면 에피쿠로스학파들이 생각했던 것처럼 원자들의 기계적 결합인가) 하는 양자택일의 문제와, 우주는 마치 하나의 국가와 같다는 것이 얼마나 많은 사실에 의해 입증되고 있는가를 상기하라.

아니면 육체적인 것들이 당신을 괴롭히는가? 그렇다면 정신이 육체를 분리시킬 수 있다는 자신의 능력을 알게 되면, 육체의 호흡이 부드럽든 거칠든 아무 영향도 받지 않는다는 것을 알게 될 것이다. 또한 이제까지 당신이 배우고 인정해 온 고통과 쾌락에 대한 모든 것들을 되돌아보라. 그러면 당신은 마침내 마음이 평안해질 것이다.

아니면 물거품 같은 명예욕이 당신을 괴롭히는가? 그렇다면 무한한 시간의 혼돈 속에서 모든 것들이 얼마나 빨리 망각 속으로 사라지는가를 상기하라. 또 요란한 박수갈채가 얼마나 공허하며 당신을 찬양하는 것처럼 보이는 사람들이 얼마나 변덕스럽고 무분별하며, 인간의 명성이 점유하는 범위가 얼마나 협소한가를 상기하라. 왜냐하면 지구는 우주 속의 한 점에 불과하며, 당신이 살고 있는 장소는 그 점 가운데서도 극히 작은 부분에 지나지 않기 때문이다. 더구나 그 속에서 몇 사람이나 또 어떤 부류의 사람들이 당신을 칭찬할 것인가?

그러므로 이제부터는 당신 내부에 있는 작은 장소에 은신하라. 우선 마음의 갈등과 긴장에서 벗어나 당신 자신의 주인이 되라. 그리하여 한 남자로서, 한 인간으로서, 한 시민으로서, 하나의 유한한 생명체로서 삶을 바라보라. 많은 진리 중에서도 당신이 가장 자주 상기해야 할 진리가 두 가지 있다. 첫째, 사물들은 외부에 고정되어 있으므로 당신의 영혼에 아무런 영향도 주지 못하며 당신을 혼란케 하는 것은 오직 당신 내부의 생각뿐이라는 사실이다. 둘째, 당신의 눈에 보이는 모든 사물들은 순식간에 변하고 사라져 버려 더 이상 존재하지 않게 된다는 사실이다. 당신 자신도 그 변화의 일부로서 끊임없이 변하고 있다는 것을 항상 명심하라. 우주는 곧 변화이며, 인생은 당신이 그것에 대해 이해하는 바로 그것이다.

4 사고 능력이 인간에게 공통된 것이라면, 우리를 이성적 존재로 만드는 이성 또한 우리 인간에게 공통된 것이며, 우리에게 해야 할 일과 해서는 안 되는 일을 명령하는 실제적인 이성 또한 우리 인간에게 공통된 것이다. 바꿔 말하면 우리는 같은 시민이며, 공통된 시민권을 갖고 있으며, 따라서 우주는 하나의 국가인 것이다. 모든 인간들이 함께 주장할 수 있는 공통된 시민권이 달리 또 있겠는가? 인간의 정신과 이성과 법률은 바로 이 세계의 국

가로부터 나오는 것이다. 만일 그렇지 않다면 어디서 나오겠는가? 내 몸의 흙으로 된 부분이 지구 어딘가의 흙으로부터 나온 것처럼, 내 몸의 물로 된 부분이 다른 요소로부터 나온 것처럼, 나의 숨결이 다른 근원으로부터 나온 것처럼, 나의 뜨겁고 격렬한 부분이 그 나름의 어떤 다른 근원으로부터 나온 것처럼 우리의 이성 또한 어딘가에 그 근원을 갖고 있음에 틀림없다. 왜냐하면 무(無)에서 생겨나는 것은 아무것도 없으며, 무로 돌아가는 것도 있을 수 없기 때문이다.

5 출생과 마찬가지로 죽음 또한 자연의 신비이다. 출생은 원소의 결합이며, 죽음은 바로 원소의 분해인 것이다. 어떤 경우에도 죽음은 수치스러운 것이 아니다. 왜냐하면 죽음은 이성적 존재로서의 인간의 본질에 어긋나는 것이 아니며, 육체 구성의 논리에도 어긋나는 것이 아니기 때문이다.

6 어떤 유형의 사람들은 그들의 본성이 그렇게 할 것을 요구하기 때문에 그들 방식대로 행동한다. 그들이 그렇게 행동하지 않기를 바라는 것은 무화과나무에 신맛 나는 열매가 열리지 않기를 바라는 것과 같다. 어떤 경우에도 머지않아 당신과 그는 죽을 것이며 당신의 이름조차도 곧 남지 않게 될 것이라는 사실을 기억하라.

7 '나는 피해를 당했다.' 라는 생각을 없애라. 그러면 피해 의식도 사라질 것이다. 피해 의식을 없애라. 그러면 피해 그 자체도 사라질 것이다.

8 인간 그 자체를 타락시키지 않는 것은 인간의 삶을 타락시키지 않으며, 또한 내외적으로 인간에게 해를 입히지 못한다.

9 모두에게 유익한 것의 본질은 필연적으로 그 일을 야기한다.

10 '모든 일은 정당하게 발생하는 것이다.' 이 말을 깊이 생각해 보라. 그러면 그 말이 사실임을 알게 될 것이다. 사건의 연속 속에는 인과 관계만 존재하는 것이 아니라 모든 사건들에 각각의 당위성을 부여하는 자의 손에서 나온 것과 같은, 정당하고 적절한 질서도 존재하는 것이다. 그러므로 당신이 관찰을 시작했던 태도로 계속해서 주의를 기울여라. 그리하여 모든 행동을 선의로 행하라, 진정한 의미에서의 선의로. 모든 행동을 함에 있어서 이 점을 유의하라.

11 오만한 자들의 견해에 따르거나 그들의 견해에 좌우되지 말라. 있는 그대로의 모습대로 사물을 보라.

12 다음의 두 가지를 염두에 두어라. 첫째, 우리들의 왕이며 입법자인 이성이 인류의 이익을 위해 제안하는 것만을 행하라. 둘째, 어떤 사람이 당신의 잘못을 지적하거나 당신의 판단이 틀렸음을 깨닫게 해줄 때는 당신의 결정을 다시 생각해 보라. 그러나 그러한 변화는 정의와 공공의 이익을 위한 것이어야 한다. 그리고 당신이 선택한 것은 자연의 본질에 부합되는 것이어야 한다. 그 결과로 얻어지는 쾌락과 명성을 생각하며 선택해서는 안 된다.

13 당신은 이성을 갖고 있는가? 갖고 있다면 왜 그것을 사용하지 않는가? 이성이 제 구실을 완전히 수행하고 있다면 그 이상 무엇을 더 바라겠는가?

14 당신은 우주의 일부분으로서만 존재한다. 당신은 당신을 창조했던 우주 속으로 사라질 것이다. 아니, 오히려 당신은 다시 한 번 우주의 창조적 이성 속으로 끌어올려질 것이다.

15 같은 제단(祭壇) 위에 던져진 많은 향 가루들. 그 향 가루들 중에서 어떤 것은 먼저 던져졌고 어떤 것은 나중에 던져졌다. 그러나 거기에는 아무런 차이도 없다.

16 만일 당신이 당신 본연으로 돌아가 이성을 존중하기만 한다면, 현재 당신을 짐승이나 원숭이로 생각하는 사람들조차도 열흘 이내에 당신을 신처럼 생각하게 될 것이다.

17 당신 앞에 1만 년의 세월이 남아 있는 것처럼 살지 말라. 죽음은 바로 당신 가까이에 와 있다. 당신에게 생명과 능력이 있는 동안 선한 인간이 되도록 하라.

18 다른 사람들이 무슨 말을 하고, 무슨 행동을 하며, 어떤 생각을 하는지에 대해 알려고 하지 않고 오직 자신의 행동이 정의롭고 경건하며 선하도록 주의를 기울이는 사람은 커다란 평온을 얻는다. 다른 사람들의 좋지 못한 성품에 주의를 기울이지 말고, 마음의 흔들림이 없이 당신의 목표를 향해 달려가라.

19 사후의 명성에 연연하는 사람은, 자신을 기억하는 모든 사람들도 자신과 마찬가지로 곧 죽을 것이며, 또한 그들의 후손들도 곧 사라져 자신에 대한 모든 기억은 마치 타오르다가 이내 꺼져버리는 불꽃처럼 마침내 시간의 흐름 속에서 사라져버리고 만다는 것을 깨닫지 못하는 사람이다. 설사 당신을 기억해 줄 사람이 영원히 사라지지 않고 당신에 대한 기억이 영원히 계속된다 하

더라도 그것이 당신에게 무슨 소용이 있겠는가? 무덤 속에 있는 당신에게는 아무런 의미가 없는 것이다. 비록 당신이 살아 있는 동안이라 할지라도 기껏해야 당신에게 약간의 편의를 제공할 뿐인 칭찬이 무슨 소용이 있겠는가? 어쨌든 다른 사람들이 당신에 대해 무슨 말을 할 것인가에 집착하고 있다면, 당신은 현재 자연이 당신에게 준 선물을 소홀히 하고 있는 것이다.

20 어떤 면에서든 아름다운 것은 모두 그 자체로부터 아름다운 것이다. 그러므로 사람들의 칭찬은 그 아름다움에 조금도 도움이 되지 않는다. 왜냐하면 칭찬한다고 해서 그것이 더 아름다워지거나 아니면 추해질 수는 없기 때문이다. 이 말은 자연의 사물들이나 예술작품들과 같이 일반적으로 아름답다고 일컬어지는 것들에 대해서도 적용된다. 진정으로 아름다운 것은 그 이상의 것을 필요로 하지 않는다. 법률과 진리와 친절함과 정중함 또한 그러하다. 이것들 중 칭찬에 의해 아름다워지거나 비난에 의해 더러워지는 것이 있는가? 에메랄드가 칭찬을 받지 못한다고 해서 그 아름다움을 잃는가? 황금이나 상아나 자수정이 그러하며, 칠현금이나 단검, 꽃봉오리, 관목(灌木)이 또한 그렇지 아니한가.

21 만일 우리의 영혼이 죽은 후에도 모두 소멸되지 않는다면 대기(大氣)는 태초 이래의 그 엄청난 영혼들을 어떻게 수용해

왔을까? 어떻게 지구는 태초부터 매장된 그 엄청난 육체들을 수용해 왔을까? 매장된 시체는 잠시 동안 그 상태로 있다가 썩고 분해되어 다른 시체들에게 자리를 내어준다. 이와 마찬가지로 영혼들은 대기 속에서 잠시 동안 머문 후에 불로 변하여 우주의 창조적 본원(本源)으로 되돌아가, 다른 영혼들에게 제자리를 내주는 것이다. 더구나 우리는 인간의 시체뿐만 아니라 매일 우리들에 의해, 또는 다른 짐승들에 의해 잡아먹히는 모든 동물들의 시체들도 생각해 보아야 한다. 얼마나 많은 동물들이 그렇게 죽어갔으며 인간이나 다른 짐승들의 뱃속에 매장되어 왔는가. 그러나 잡아먹힌 동물들은 인간이나 다른 짐승들의 체내에서 피로 변했다가 다시 공기나 불로 변하기 때문에, 대지는 그것들을 수용할 수 있는 것이다. 우리는 이 모든 것들의 진실성을 어떻게 규명할 수 있겠는가? 그것은 물질과 그 물질이 생겨난 근원을 분간함으로써 가능하다.

22 감정에 휩쓸리지 않도록 하라. 어떤 충동이 일어나면 우선 그것이 정의의 요구에 일치하는가를 확인하라. 어떤 생각이 떠오르면 당신 자신에게 그 확실성을 확신시켜라.

23 오, 우주여! 너와 조화를 이루고 있는 모든 것은 나와도 조화를 이루고 있다. 또한 너에게 알맞은 때에 일어나는 일은 모두 내게도 너무 늦거나 너무 이르지 않다. 오, 자연이여! 그대의

계절이 가져다주는 것은 내게는 모두 결실이다. 만물이 그대에게서 생겨났으며, 그대 안에서 살며 또 그대에게로 돌아간다. 어떤 사람은 '사랑스런 케크로프스의 도시여!(그리스 희곡작가 아리스토파네스의 작품에서 인용한 말로, 케크로프스의 도시는 아테네를 의미함)' 라고 노래했다. 당신은 '오, 사랑스런 제우스의 도시여!' (아테네가 하나의 공동체인 것처럼 우주도 또한 분명히 하나의 공동체라는 것을 의미함)라고 외치지 않겠는가?

24 '마음 편히 지내려면 많은 일을 하지 말라.' 고 어떤 현인(데모크리토스를 가리킴)이 말했다. 그러나 오히려 '반드시 하지 않으면 안 되는 일만을, 사회적 존재로서의 이성이 요구하는 일만을 하라.' 고 말하는 편이 훨씬 나을 듯하다. 그렇게 하면 선한 일을 함으로써 얻는 만족뿐만 아니라 꼭 필요한 일을 하는 데서 오는 만족도 얻을 수 있기 때문이다. 우리가 말하고 행동하는 것의 대부분은 불필요하기 때문에 이것을 제외시키면 시간과 노고를 아낄 수 있을 것이다. 그러므로 우리는 항상 자기 자신에게 '이것은 분명히 필요한 행위인가?' 라고 물어야 한다. 우리는 불필요한 행위뿐 아니라 불필요한 생각까지도 버려야 한다. 그렇게 하면 불필요한 행위를 하지 않아도 될 것이다.

25 당신도 선한 사람의 삶을 좇아 살아갈 수 있는지 시도해 보라. 우주로부터 할당받은 자신의 운명에 만족하는 생활, 자신의 행위가 정의롭기만을 추구하고 자신의 성품이 온화하기만을 추구하는 삶에 적합한지 한 번 시험해 보라.

26 당신은 많은 것들을 보았는가? 그렇다면 이번에는 이것을 보라. 당신 자신을 혼란시키지 말고 단순해져라. 누군가가 그릇된 행동을 하는가? 그것은 자기 자신에게 그릇되게 행동하는 것이다. 당신에게 어떤 일이 일어났는가? 좋다. 그렇다면 그것은 태초부터 우주의 한 부분으로서의 당신이라는 독특한 피륙 속에 짜여진 한 가닥의 실인 것이다. 한 마디로 말해 인생은 짧다. 그러므로 이성에 순종하며 정의롭게 현재의 상황으로부터 당신에게 유익한 것들을 끌어내라. 긴장을 풀었을 때에도 진지해라.

27 잘 정돈되어 질서가 잡힌 우주든, 우연에 의해 마구 조합된 난잡하기 짝이 없는 우주든 우주임에는 틀림이 없으며 후자의 경우에도 분명 나름의 질서는 있다. 만일 그렇지 않다면 우주 속에는 무질서가 지배하고 있는데 당신의 마음속에는 질서가 있을 수 있겠는가? 더구나 만물은 자연의 모든 부분들로부터 각기 구분되면서도 그것들과 함께 조화를 이루고 있지 않은가.

28 음침한 성격, 여성스럽고 완고한 성격, 사나운 성격, 유치하고 우둔하며 교활하고 상스러운 성격, 폭군 같은 성격.

29 우주 속에 깃들어 있는 진리들을 이해하지 못하는 사람이 우주 속의 이방인이라면, 우주 속에서 일어나는 일들을 이해하지 못하는 사람 또한 우주 속의 이방인이다. 그런 사람은 이성의 세계로부터 멀리 떠난 방랑자이며, 마음의 눈이 감긴 장님이며, 인생에서 필요한 모든 것을 갖고 있지 못해 다른 사람들에게 의지하는 거지이다. 자신의 운명에 불만을 품고, 우리 모두에게 공통된 자연의 섭리에 대한 반항심 속에 자기 자신을 고립시키는 자는 우주의 종기에 지나지 않는다. 왜냐하면 그의 운명 또한 자신을 창조한 바로 그 자연의 산물이기 때문이다. 자신의 영혼을 모든 이성적 존재들의 사회로부터 분리시키는 사람은 사회로부터 잘려져 나간 보잘것없는 가지에 불과하다.

30 어떤 사람은 옷 한 벌이 없으면서도 철학을 실천하며, 어떤 사람은 책 한 권 없이도 철학을 실천한다. 또 어떤 사람은 반라(半裸)의 상태로 '나는 빵은 없지만 이성만은 지니고 있다.' 라고 말한다. 나의 경우는 학문으로 생계를 유지하지는 않지만 이성에 집착하고 있다.

31 당신이 익힌 기술이 아무리 보잘것없는 것이라 할지라도 그 일에 전념하고 그 속에서 즐거움을 찾아라. 그리고 자신의 모든 것을 진심으로 신들에게 맡긴 사람처럼 당신의 남은 생을 보내라. 그리하여 이제부터는 누구의 주인도 누구의 노예도 되지 말라.

32 베스파시아누스(네로 황제 사망 후 알렉산드리아 군단에 의해 6대 황제로 추대, 정치 · 경제 안정에 힘쓰고 콜로세움 등 여러 가지 공공건물을 지음) 황제 시대를 생각해 보라. 그 당시에도 남녀가 결혼하고, 아이를 기르고, 병들고, 죽고, 전쟁을 하고, 축제를 벌이고, 물건을 사고팔고, 농사를 짓고, 아첨하고, 허세를 부리고, 시기하고, 의심하고, 계략을 꾸미고, 저주하고, 자신의 운명에 대해 불평하고, 사랑에 빠지고, 재물을 탐하고, 집정관의 지위와 왕좌를 노렸다는 것을 당신은 알 수 있을 것이다. 그러나 오늘날 그런 사람들의 삶의 흔적은 어디에도 남아 있지 않다.

다음은 트라야누스(로마 황제) 황제 시대로 거슬러 올라가 보자. 그 당시에도 모든 것이 똑같았으며 그들 삶의 흔적 역시 남아 있지 않다. 얼마나 많은 사람들이 이와 같은 삶의 투쟁을 하다가 곧 사라져 원소로 분해되었는가를 보게 될 것이다. 무엇보다도 당신 자신이 직접 목격했던, 자신의 본질에 따르거나 피조물로서의 자신의 의무 수행에 만족하지 않고 헛되이 투쟁하다가 사라져간 사람들의 삶을 회상해 보라. 어떤 것을 추구함에 있어서는 그 대상의 가치에 따라야 한다는 것을 항상 명심하라. 그러면 당신은 실의에 빠지거나 중요하지 않은 일에 헛되이 빠져들지 않을 것이다.

33 한때 널리 사용되었던 말들 중 오늘날에는 거의 사용되지 않는 것들이 있다. 한때 많은 사람들의 입에 자주 오르내렸던 사람들의 이름 또한 오늘날에 와서는 생소하게 들린다. 예컨대, 카밀루스, 카에소, 볼레수스, 덴타투스, 그리고 그보다 조금 후세의 인물인 스키피오, 카토, 그리고 심지어 아우구스투스, 하드리아누스, 안토니누스까지도 그러하다. 왜냐하면 모든 사물은 사라져 이내 전설이 되고 이윽고 망각 속에 완전히 묻혀버리기 때문이다. 한때 찬란한 영화를 누렸던 자들도 이런 식으로 잊혀져갔다. 하물며 보통사람들의 경우에는 말해 무엇할까. 호메로스의 말처럼 죽자마자 '자취도 없고 소리도 없이'(《오디세이아》에서 인용된 말로, 텔레마코스가 그의 아버지 오디세우스의 사라짐을 탄식한 말) 사라져버리고 마는 것이다. 영원히 사라지지 않는 명성이 어디 있겠는가? 모두가 공허한 것이다.

그렇다면 우리는 무엇을 추구해야 하는가? 올바른 생각, 이기심이 없는 행위, 거짓 없는 말, 자신에게 닥쳐오는 모든 일들을 운명지어진 것, 혹은 예상했던 것, 혹은 하나의 근원과 원천으로부터 나오는 것으로 받아들이는 성품, 오직 이것들만을 추구해야 한다.

34 클로토(운명의 세 여신 중 하나로 생명의 실을 짜며, 라케시스는 생명의 실의 길이를 정하고, 아트로포스는 일생의 끝이 오면 그 실을 가위로 자른다고 함) 여신이 어떤 실로 당신 운명의 실을 짜든 당신 자신을 기꺼이 그녀에게 맡겨라.

35 우리는 모두 하루살이이다. 기억하는 자든 기억되는 자든 마찬가지이다.

36 만물이 변화에 의해 끊임없이 생성됨을 기억하라. 자연의 본성은 존재하는 모든 것들을 변화시키고 새롭게 만들어내기를 무엇보다도 좋아한다는 사실을 기억하라. 왜냐하면 현재 존재하는 것은 모두가 어떤 의미에서는 그것으로부터 생겨날 것의 씨앗이기 때문이다. 그러나 당신은 땅이나 자궁 속에 뿌려지는 것만을 씨앗이라고 생각하고 있다. 이는 실로 엄청난 편견이다.

37 머지않아 당신은 죽게 될 것이다. 그럼에도 불구하고 당신은 소박하지도 평온하지도 않으며, 외부로부터 어떤 피해가 당신에게 닥쳐올지도 모른다는 의혹에서 벗어나지도 못하고 있다. 또한 모든 사람들에게 관대하지 못하며, 정의롭게 행동하는 것만이 지혜라는 확신도 갖고 있지 못하다.

38 사람들의 행위를 지배하는 것은 무엇인지를 살펴보라. 특히 현자가 추구하는 것과 멀리하는 것은 무엇인지를 주의 깊게 살펴보라.

39 당신의 불행은 다른 사람들의 마음에서 오는 것이 아니며 당신 자신의 육체나 환경의 변화에서 오는 것도 아니다. 그러면 그 불행은 어디에서 오는 것일까? 그것은 불행이라 판단하는 당신의 마음에서 비롯되는 것이다. 그러므로 당신의 마음이 그러한 판단을 내리지 않게 하라. 그러면 모든 것이 만족스러울 것이다.

심지어 당신의 육체가 잘리고, 불에 타고, 곪아 터지고, 썩을 때조차도 당신의 마음으로 하여금 침묵케 하라. 그리고 악한 자나 선한 자에게 똑같이 일어날 수 있는 모든 일은 선도 아니고 악도 아니라고 판단하게 하라. 왜냐하면 자연의 법칙에 따라 사는 사람에게나 그렇지 못한 사람에게나 똑같이 일어나는 일들은 모두 자연에 합당한 것도 아니고 자연에 위배되는 것도 아니기 때문이다.

40 우주는 하나의 생명체이며 하나의 물질과 하나의 영혼을 지닌 존재로 생각하라. 그리고 만물이 이 우주의 감성(感性)과 어떻게 관련되고, 이 만물이 어떻게 하나의 충동에 의해 움직이며, 만물이 어떻게 존재하는 모든 것의 공통된 원인이 되는가를

살펴보라. 그리고 만물이 어떻게 결합되어 있고 함께 얽혀 있는가를 주의 깊게 관찰하라.

41 에픽테토스의 말처럼, 당신은 시체를 짊어진 가련한 영혼에 지나지 않는다.

42 변화의 결과로서 생기는 것이 선이 아닌 것처럼, 변화의 과정 속에 있는 것도 악이 아니다.

43 시간은 모든 사물들이 떠밀려 내려가는 거센 강물이다. 모든 사물은 나타나자마자 곧 과거 속으로 떠내려가 버리며, 그 다음 것이 뒤이어 나타났다가는 그것 역시 곧 떠내려가 버린다.

44 세상에서 일어나는 모든 일은 마치 봄에 장미꽃이 피고 여름에 과일이 열리는 것처럼 일상적이며 당연한 일이다. 질병이나 죽음, 비방이나 음모, 그 밖에 어리석은 인간들을 기쁘게 하거나 슬프게 하는 모든 일들의 경우도 마찬가지이다.

45 뒤이어 일어나는 일은 항상 먼저 일어났던 일과 밀접하게 연관되어 있다. 그것은 순서의 법칙에 따라 일어나는 독립된 사건들의 연속이 아니라 서로 합리적으로 연관되어 있는 것이다.

뿐만 아니라 이미 존재하고 있는 모든 것들이 서로 조화를 이루고 있는 것처럼, 발생하고 있는 것들도 단순한 연속이 아니라 상호간의 놀라운 상관관계를 나타내 보이고 있는 것이다.

46 항상 헤라클레이토스의 말을 기억하라. 그는 '흙이 죽어서 물이 되고 물이 죽어서 공기가 되며 공기가 죽어서 불이 된다. 그리고 불이 죽으면 다시 흙이 되어 이러한 순환을 반복한다.' 라고 말하였다. 또 '사람들은 자신이 가고 있는 길이 어디로 통하는 길인지도 모른 채 걸어가고 있으며, 또한 이성에 대해 자주 말하면서도 이성이 우주를 지배한다는 것을 모르고, 끊임없이 접촉하면서도 항상 이성을 낯설어한다.' 고 한 말도 기억하라. 그는 또 '잠든 사람처럼 행동하거나 말해서는 안 된다.' 고 했는데 잠든 때에도 우리는 행동하거나 말하는 것처럼 생각되기 때문이다. 또한 우리는 어린아이처럼 행동하고 말해서는 안 된다. 어린아이는 단지 부모님이 가르쳐준 대로 생각 없이 움직이기 때문이다.

47 만일 어떤 신이 당신에게 '너는 내일 아니면 모레까지밖에 살지 못할 것이다.' 라고 말했다면, 당신이 무지한 사람이 아닌 한 그것이 내일이든 모래든 문제 삼지 않을 것이다. 왜냐하면 그 차이란 얼마 되지 않기 때문이다. 이와 마찬가지로 몇 년 후에 죽든 내일 죽든 문제 삼지 말라.

48 죽어가는 환자들을 눈살을 찌푸린 채 진찰하곤 했던 많은 의사들 역시 죽어갔음을 기억하라. 또한 다른 사람들의 죽음을 엄숙하게 예언했던 많은 점성술사들과 죽음과 불멸에 대해 끝없이 논쟁했던 많은 철학자들, 수많은 사람들을 죽였던 전쟁의 영웅들, 마치 자신은 영원히 죽지 않는 신인 것처럼 끔찍하고 잔인하게 자신의 권력을 휘두르며 사람들의 생명을 희롱했던 많은 폭군들, 영원히 멸망하지 않을 것처럼 보였던 헬리케(아카이아의 도시로 BC 373년 바닷속으로 가라앉아 갑자기 멸망함)나 폼페이, 헤르쿨라네움(폼페이와 헤르쿨라네움은 베수비오 화산으로 BC 79년에 멸망함) 등의 수많은 도시들이 사라져갔음을 기억하라.

그리고 당신과 가까이 지냈던 사람들도 하나씩 죽어갔음을 기억하라. 한 사람이 다른 사람을 묻어주었고 그 사람은 또 다른 사람에 의해 파묻혔으며 그 사람도 또 다른 사람에 의해 무덤에 묻힌다. 그리고 그 모든 일들이 순식간에 일어났음을 기억하라. 요컨대 인생이 얼마나 허망하고 보잘것없는 것인가. 어제까지만 해도 피가 돌았는데 내일이면 미라나 한 줌의 재로 변해 버리는 것이다. 그러므로 이 얼마 안 되는 지상에서의 시간을 자연에 순응하며 살아가고, 편안한 마음으로 당신의 여정을 마치도록 하라. 마치 잘 여문 올리브의 열매가 자신을 낳아준 대지를 축복하고 자신을 길러준 나무에 감사하면서 떨어지듯이.

49 쉴 새 없이 파도에 부딪쳐도 꿋꿋하게 버티는 바위를 본받아라. 바위는 조금도 움직이지 않으며 마침내 그 주위의 격렬한 파도는 잠잠해진다. '이런 일이 내게 닥치다니 나는 얼마나 불행한가!' 라고 말하지 말라. 오히려 '나는 얼마나 행복한가! 이런 변을 당해도 나는 괴로워하지 않고 현실에 압도되지도 않으며 미래를 두려워하지도 않는다.' 라고 말하라. 왜냐하면 그런 일은 누구에게나 일어날 수 있는데 모든 사람이 괴로움을 느끼지 않고 그것을 견뎌낼 수 있는 것은 아니다.

그렇다면 어째서 어떤 사람에게는 행복한 것이 다른 사람에게는 불행이 되는 것일까? 어떤 일이나 인간의 본성에서 벗어나지도 않았는데 당신은 그 일을 불행이라고 부를 수 있겠는가? 자연의 의지에 어긋나지 않는 것이 인간의 본성에 어긋날 수 있겠는가? 좋다. 그렇다면 당신은 이미 자연의 의지를 깨달은 것이다. 그럼에도 불구하고 어찌하여 당신은 당신에게 일어난 일에 대해 정의롭고 관대하며, 자제력이 있고 사려 분별이 있으며, 신중하고 진실하며, 겸손하고 자유롭지 못한가? 어찌하여 인간의 본성은 자연의 의지의 수행으로 만드는 다른 성품들을 갖고 있지 못한가? 앞으로 당신을 괴롭히는 어떤 일이 일어날 때는 항상 '이것은 불행이 아니다. 이것을 훌륭하게 견디어내는 것이 행복이다.' 라는 가르침을 기억하라.

50 자신들의 삶에 집요하게 매달리는 사람들을 주의 깊게 살펴보는 것은 통속적이기는 하지만 당신이 죽음을 경시하는데 도움이 된다. 그들이 일찍 죽은 사람들보다 더 나은 것이 무엇인가? 그들도 모두 언젠가는 어딘가에 묻힐 것이다. 카디키아누스, 파비우스, 율리아누스, 레피두스, 그 밖에 많은 사람들도 지금 흙에 덮여 있지 않은가? 그들은 많은 사람들을 장사지내고는 마침내 그들 자신들도 땅에 묻힌 것이다. 결국 사람들과의 보잘것없는 교제 속에서, 가련한 육체 속에서, 심한 괴로움 속에서 그들이 누린 사형집행 유예 기간은 짧았던 것이다. 오히려 그것은 무거운 짐이 아니겠는가? 당신 뒤의 무한한 시간과 당신 앞에 있는 무한한 시간을 보라. 이러한 무한 속에서 사흘밖에 살지 못한 어린아이와 3대에 걸쳐 살았던 네스토르(호메로스의 《일리아드》 속에 나오는 왕) 사이에 무슨 차이가 있는가.

51 항상 지름길을 따라 달려라. 자연에 순응하는 길이 지름길이다. 그러므로 항상 가장 건전한 것만을 말하고, 가장 건전한 것만을 행하라. 이 목적을 지향하면 당신은 불안과 다툼과 타협과 허식으로부터 해방될 것이다.

제 5 장
인간의 본성에 대하여

1 이른 아침 잠자리에서 일어나기 싫을 때, '나는 인간으로서의 의무를 수행하기 위해 일어나는 것이다. 나는 그것을 위해 태어났으며 그것을 위해 이 세상에 보내졌으니 그 일을 수행하는 것을 싫어해서는 안 된다. 내가 창조된 목적이 이렇게 이불 속에 누워 따뜻이 지내기 위해서였단 말인가?' 라고 마음속으로 생각하라. '그러나 이렇게 있는 편이 훨씬 더 편안하다!' 라고 생각할지도 모른다. 그렇다면 당신은 일을 하고 노력하기 위해서가 아니라 편안하게 살기 위해서 태어났단 말인가? 온갖 식물들과 참새, 개미, 거미, 꿀벌들을 보라. 그들은 각기 자신들의 의무를 수행하며 우주의 질서에 기여하고 있지 않은가?

그런데 당신은 인간으로서의 의무를 수행하기를 거부하며 자연이 명령하는 바를 수행하기를 게을리하고 있다. 당신은 '하지만 휴식도 취해야 하지 않는가?' 라고 말할지도 모른다. 물론 그렇다. 그러나 자연은 먹고 마시는 것에 한계를 정해 놓은 것처럼 휴식에도 한계를 정해 놓았다. 그런데 당신은 그 한계를 넘고 정도를 지나쳤다. 반면에 먹고 마시는 경우와는 달리 일을 함에 있어서는 당신이 행할 수 있는 한계에 미치지 못하고 있는 것이다.

결국 당신은 당신 자신을 진정으로 사랑하고 있지 않다. 만일 당신이 당신 자신을 진정으로 사랑한다면 당신은 분명히 당신의 본성과 당신의 본성이 원하는 바를 사랑할 것이다. 자신의 일을 사랑하는 사람은 목욕하는 것도 식사하는 것도 잊은 채 자신의 일에 몰두한다. 그런데 당신은 조각가가 조각하는 것을, 무용가가 춤을, 구두쇠가 돈을, 허세가가 하찮은 명성을 사랑하는 것보다도 당신 자신의 본성을 덜 사랑한다. 그들은 자신의 일에 몰두하면 그 일을 성취하기 위해 식사도 수면도 잊는다. 당신의 생각에는 사회에 대한 봉사가 그다지 중요한 것으로 생각되지 않으며 몰두할 만한 가치가 없는 것으로 생각되는가?

2 마음을 어지럽히는 모든 사람들을 마음으로부터 제거하고 완전한 평온 상태에 놓일 수 있다는 것은 얼마나 큰 위안인가!

3 자연과 일치하는 모든 말과 행동을 존중하라. 그 결과로 뒤따를지도 모를 다른 사람들의 비난 때문에 당신의 말과 행동을 바꾸지 말라. 만일 당신의 말과 행동이 옳다고 생각되면 당신 자신을 따르라. 당신을 손가락질하는 사람들도 그들 자신을 지배하는 이성을 갖고 있으며 그에 따라 행동하는 것이다. 그들에게 한눈을

팔아서는 안 된다. 당신 자신의 본성과 우주의 본성에 따라 똑바로 나아가라. 이 두 가지 길은 결국 하나다.

4 나는 길가에 쓰러져 영원한 휴식을 취할 때까지 자연에 따르는 나의 길을 가리라. 매일 호흡했던 대기 속으로 나의 마지막 숨결을 토해내고, 나의 아버지가 씨앗을 제공하고, 나의 어머니가 피를 제공하고, 나의 유모가 젖을 제공한 대지 위에 쓰러질 것이다. 그 대지는 그토록 오랜 세월 동안 매일 내게 먹을 것과 마실 것을 주었고, 나는 그 대지 위를 걸으면서 여러 가지로 이용해 왔다. 대지는 그런 나를 받아주었다.

5 당신은 다른 사람들로부터 칭찬받을 만한 재주가 없을지도 모른다. 그러나 당신에게는 '나는 선천적으로 타고난 재능이 없다.' 라고 단정 지을 수 없는 다른 많은 성품들을 지니고 있다. 그 미덕들을 발휘하라. 그것은 당신이 마음먹기에 달려 있다. 즉 성실 · 품위 · 인내 · 근면 · 절제 · 만족 · 너그러움 · 자유 · 순박 · 정직 등의 성품이야말로 당신 내부의 힘인 것이다.

불평하지 말라. 말과 행동을 함에 있어서 솔직하고 신중하며 온화하게 하라. 항상 품위 있게 행동하라. 지금 이 순간에도 당신이 당신의 것으로 만들 수 있는 미덕들이 얼마나 많은가? 당신은 그런 미덕들을 갖추지 못한 것이 천부적인 재능이나 소질이 부족하기 때문이라고 변명할 수는 없을 것이다. 그럼에도 불구하고 당신은 여전히 그런 미덕들에 있어서 열등한 상태에 머물러 있으려 한다. 어떤 천부적인 재능을 가지고 태어나지 않았다고 해서 투덜거리거나, 인색하게 굴거나, 아첨하거나, 자신의 연약한 육체를 탓하거나, 다른 사람의 비위를 맞추거나, 허세를 부리면서 불안하게 살아가려고 하는가?

아니다. 신들에게 맹세코 그렇게 해서는 안 된다. 당신은 진즉에 이 모든 잘못들을 제거할 수도 있었다. 당신이 자신의 이해가 더디고 우둔하다는 것을 탓하기만 했더라도 자신을 개선하는데 힘을 기울였을 것이다. 그러나 당신은 이러한 것을 대수롭지 않게 여기거나, 오히려 자신의 어리석음을 즐기고 있다.

6 어떤 사람들은 자신이 베푼 호의에 대해 즉시 그 보답을 바라기도 하고, 또 어떤 사람들은 보답을 바라지는 않지만 자신의 호의를 받은 사람을 마치 채무자인 양 생각하고 자신이 베푼 호의를 항상 마음속에 품고 있다. 그러나 자신이 남들에게 베푼 선행을 의식하지 않는 사람들도 있다. 그런 사람들은 마치 포도 넝쿨이 많은 포도송이들을 제공하고서도 그것을 의심하지 않는 것처럼, 또 경기에 나아가 달리는 말처럼, 사냥감을 쫓아 달리는 사냥개처럼, 꿀통에 꿀을 가득 채운 꿀벌처럼 자신이 행한 일을 기억하지 않는다. 그런 사람들은 마치 포도 넝쿨이 다음해 여름의 포

도송이 생산에 착수하듯이 곧장 다음 일로 옮겨간다.

'그렇다면 우리는 의식하지 않고 선행을 베풀어야 한단 말인가?' 하고 당신은 물을 것이다. 그렇다. 그러나 사실 그 자체에 대한 의식은 지녀야 한다. 왜냐하면 격언에도 있듯이, 자신의 행위가 공공의 이익을 위한 것임을 아는 것은 사회적 존재의 특징이기 때문이다. '그러면 사회가 그것을 인식하기를 바라는 것 또한 사회적 존재의 특징이 아닌가?' 라고 당신은 물을 것이다. 그렇다, 분명 그렇다. 그러나 당신은 그 격언이 의미하는 바를 이해하지 못하고 있다. 그래서 당신은 그럴 듯한 추론에 의해 잘못 인도된 사람들, 즉 내가 앞에서 언급했던 부류의 사람들 속에 당신 자신을 내버려둔 것이다. 이 격언의 참된 의미를 이해하라. 그러면 공공의 이익을 위한 당신의 모든 의무를 등한히 하지 않게 될 것이다.

7 아테네인들은 '비를 내려주소서! 오, 제우스신이여! 아테네의 들판과 평야에 비를 내려주소서.' 라고 기도한다. 기도는 이처럼 간단하고 순박하게 해야 하며, 그렇지 못할 바에는 아예 기도는 하지 않는 편이 낫다.

8 의술의 신인 아스클레피오스가 어떤 사람에게는 승마를, 어떤 사람에게는 냉수욕을, 혹은 어떤 사람에게는 맨발로 걸으라는 처방을 내려준 것처럼, 자연은 어떤 사람에게는 질병을, 어떤

사람에게는 불구를, 어떤 사람에게는 죽음을, 그 밖에 다른 무능력을 처방해 주었다.

전자에 있어서 '처방' 이란 환자의 건강 회복을 위한 특별한 치료 방법을 제시해 준 것을 의미한다. 후자의 경우도 이와 비슷한 의미이며, 각자에게 일어나는 일들은 모두 그의 운명에 적합한 것으로 확정되었다는 것이다. 마치 벽이나 피라미드를 쌓아올리는 석공이 네모난 돌이 서로 꼭 맞아 통일된 전체를 이룰 때 '꼭 맞는다.' 라고 말하는 것과 같다.

결국 상호 일치하는 조화가 우주의 원리인 것이다. 수많은 개체들이 결합하여 잘 조화된 우주를 이루듯이 수많은 원인들이 결합하여 운명이라는 큰 원인을 이루는 것이다. 현명하지 못한 사람들도 '그것은 그의 운명이야.' 라고 말하는 것을 보면, 그들조차도 이 사실을 이해하고 있는 것이다. '그것' 은 그에게 할당된 것이며 그에게 내려진 처방인 것이다. 그러므로 우리는 아스클레피오스의 처방을 받아들이듯이 자연의 처방을 받아들여야 한다. 비록 처방된 것이 입에 쓸지라도 우리는 건강을 위해 기꺼이 삼켜야 한다.

당신의 육체적 건강을 보살피듯이 자연이 명령하는 것들을 실행하라. 비록 당신에게 일어나는 일들이 가혹하다 하더라도 그것들을 기꺼이 받아들여라. 왜냐하면 그것은 우주의 건강과 제우스신의 안녕과 복지를 위한 것이기 때문이다. 만일 그것이 우주에 도움이 되지 않는 것이라면 자연은 어느 누구에게도 그것을 할당해 주지 않았을 것이다. 자연은 자기가 지배하는 것에 이익이 되는 것이 아니면 결코 그것을 일으키지 않는다.

그러므로 당신은 당신에게 일어나는 모든 일들을 사랑으로 받아들여야 한다. 왜냐하면 첫째, 그 일은 당신에게 처방된 것이며, 어떤 의미에서는 모든 원인들 중에서 가장 숭고한 원인에 의해 애초부터 당신의 운명 속에 들어와 당신 자신과 관련지어져 있는 것이기 때문이다. 둘째, 각 개인에게 일어나는 모든 일들은 우주를 지배하는 존재의 번영과 안녕 및 존속의 원인이 되기 때문이다. 당신이 아무리 작은 것이라 할지라도 우주 전체를 구성하는 각 부분이나 원인 상호간의 결합과 연속을 끊는 것은 전체의 완전성을 손상시키는 것이다. 그럼에도 불구하고 당신은 불만스러울 때마다 당신의 힘이 미치는 한 그러한 연속을 파괴해 버리는 것이다.

9 당신이 철두철미하게 올바른 원칙에 따라 행동했음에도 불구하고 일이 뜻대로 되지 않을지도 모른다. 그렇다고 해서 괴로워하거나 낙심하거나 절망에 빠져 포기하지 말아야 한다. 실패할 때마다 당신의 원칙으로 돌아가서 당신의 행동을 비롯한 대부분이 훨씬 더 인간다워졌음을 기뻐하라. 당신의 원칙들을 사랑하라.

그리고 당신이 철학에서 답변을 구할 때에는 학생이 선생님에게 질문하듯이 하지 말고, 마치 눈병이 난 사람이 작은 스펀지나 달걀 흰자위의 도움을 구하는 마음으로, 혹은 다른 환자가 압박붕

대와 찜질약의 도움을 구하는 심정으로 해야 한다. 그렇게 하면 당신은 반드시 이성에 복종하는 것은 무거운 짐이 아니라 오히려 위안임을 알게 될 것이다.

그리고 당신의 철학은 당신의 본성이 원하는 것만을 원하며 자연에 어긋나는 것을 원하는 것은 바로 당신 자신임을 명심하라. '하지만 그것보다 더 즐거움을 주는 것이 있는가?' 라고 당신은 물을 것이다. 그러나 쾌락이 당신을 유혹하는 것은 즐거움을 통해서가 아닌가? 그러나 깊이 생각해 보라. 영혼의 고귀함이 더 즐거운 것이 아니겠는가! 허심탄회함과 소박함, 친절함, 경건함이 더 즐겁지 않은가? 이해 능력과 인식 능력의 정밀성을 생각해 볼 때 지혜의 활동보다 더 즐거움을 주는 것이 어디에 있겠는가.

10 많은 뛰어난 철학자들도 사물의 참모습은 베일에 싸여 있기 때문에 어떤 확실한 인식에 도달한다는 것은 불가능하다고 주장했다. 심지어 스토아학파의 철학자들까지도 사물의 참모습을 파악한다는 것은 어려운 일이며, 인간이 내리는 모든 판단은 자칫하면 오류에 빠지기 쉽다고 말했다. 오류를 범하지 않는 인간은 없기 때문이다.

이번에는 주위에 있는 사물에 눈을 돌려보자. 그것들은 얼마나 덧없고 무가치한가? 그것은 탕아나 창녀나 도둑의 손에 들어갈 수도 있는 것이다. 다음으로 당신이 교제하고 있는 사람들의 인품을 생각해 보라. 그들 중 가장 훌륭한 사람들에 대해서도 당신은 참고 견디기 어려운 면이 있을 것이다. 심지어 자기 자신의 인품에서도 참고 견딜 수 없는 면이 있다.

이와 같은 암흑과 추악, 존재와 시간, 강제적이고 지속적인 변화의 흐름 속에서 진정으로 존중되거나 추구되어야 할 것을 나는 발견할 수가 없다. 그렇다. 인간이 해야 할 일은 사신을 다이르며 자신이 자연에 의해 용해될 때를 조용히 기다리는 것이다. 그동안에는 그 시기가 늦게 온다고 해서 화를 내서는 안 되며, 다음의 두 가지 생각을 하면서 위안을 찾아야 한다. 첫째, 자연과 일치하지 않는 일은 결코 내게 일어나지 않는다. 둘째, 내게는 신과 나의 내부에 있는 영혼에 어긋나는 일을 하지 않을 수 있는 능력이 있다. 왜냐하면 나로 하여금 그런 일을 강제로 하게 할 수 있는 사람은 아무도 없기 때문이다.

11 당신은 지금 자신의 영혼을 어떤 목적으로 사용하고 있는가? 당신은 항상 자신에게 이렇게 물어야 한다. '지금 나를 지배하는 이성이라고 불리는 것을 점유하고 있는 것은 무엇인가? 지금 나는 어떤 종류의 영혼을 지니고 있는가? 어린아이의 영혼인가, 젊은이의 영혼인가, 여성의 영혼인가, 폭군의 영혼인가, 유순한 가축의 영혼인가, 아니면 야수의 영혼인가?' 라고.

12 대부분의 사람들이 어떤 종류의 것들을 '선' 이라고 믿는지를 알아보려면 이렇게 하라. 만일 누군가가 지혜나 절제, 정의, 용기 등과 같은 참된 '선' 을 갖고 싶어한다면, 그는 '당신은 참으로 많은 선을 갖고 있군.' 이라는 농담에는 귀를 기울이지 않을 것이다. 왜냐하면 그 말은 아무런 의미도 없기 때문이다. 반면에 어떤 사람이 대부분의 사람들이 '선' 이라고 믿는 것을 갖고 싶어한다면, 그는 희극 시인 메난드로스의 빈정대는 말을 옳은 것으로 기꺼이 받아들여야 할 것이다.

실제로 대부분의 사람들이 앞서 말한 두 경우의 차이를 알고 있다. 그렇지 않다면 그의 말은 첫 번째 경우에 우리를 불쾌하게 만들고 반발을 받지 않을 수 없을 것이다. 그러나 이와 반대로 그 말을 부 또는 사치와 명성을 가져오는 방법에 대한 것이라면, 우리는 그것을 지극히 적절한 익살로 받아들일 것이다. 자, 그렇다면 이제 당신 자신에게 물어보라. 대체 이런 것을 존중하고 좋게 여길 만한 가치가 있는가? 이에 대해 잘 생각해 보면 그러한 것들을 지나치게 많이 소유하고 있는 사람은 그 부 때문에 자기 자신이 편히 쉴 수 없다는 것이다.

13 나는 형상적(形相的)인 요소와 물질적인 요소들로 이루어져 있다. 그런데 이들 중 그 어느 것도 무에서 생겨나지 않았듯

이, 이들 중 그 어느 것도 파괴되어 무로 돌아가지는 않을 것이다. 그러므로 언젠가는 나를 이루고 있는 각 부분은 변화하여 우주의 어떤 다른 부분으로 다시 형성될 것이며, 이러한 변화는 영원히 계속될 것이다. 내가 생겨난 것은 이런 변화에 의해서이며, 나의 부모도 마찬가지이다. 이렇게 해서 인간의 출생은 무한히 거슬러 올라가 우리의 조상들 또한 마찬가지이다. 비록 우주가 어떤 일정한 주기를 갖고 순환된다고 하더라도, 이 말에는 변함이 없다.

14 이성과 이성의 작용(철학)은 그 자체로도, 그리고 그 활동에서도 충분한 능력을 갖고 있다. 이성과 이성의 작용은 그 자체의 근원으로부터 최초의 힘을 얻어, 그들 자신의 목표를 향해 똑바로 나아간다. 따라서 그러한 행위는 '올바른 행동'이라고 불리며, 그것은 그들이 바른길을 간다는 의미이다.

15 인간에게 중요한 소임으로 주어지지 않은 것을 인간의 본분이라고 말해서는 안 된다. 왜냐하면 인간의 본성은 그런 것들을 요구하지 않을 뿐만 아니라, 인간의 본성을 완전하게 해주지도 않기 때문이다. 그러므로 인간은 그런 것들 속에서 자기 삶의 목적이나 선을 발견할 수 없다.

그런데 만일 그런 것들 중 어떤 것이 인간에게 주어진 것이라면, 우리는 이를 경멸하거나 무시할 수 없을 것이다. 즉 만일 그런 것들이 선이라면, 우리는 그런 것들이 없이도 살아갈 수 있는 사람을 칭찬하지도 않을 것이며, 또한 그런 것들에 최선을 다하는 사람을 훌륭한 사람이라고 부를 것이다. 그러나 실제로는 그런 것들이 없이도 살아갈 수 있는 사람일수록, 자신에게서 그런 것들을 제거하는 사람일수록 그는 그만큼 더 훌륭한 사람인 것이다.

16 당신이 품고 있는 사상은 당신의 영혼에 영향을 준다. 왜냐하면 영혼은 사상에 물들기 때문이다. 그러므로 당신의 영혼을 다음과 같은 사상들로 물들여라. 즉 삶이 가능한 곳이라면 올바른 삶 또한 가능할 것이다. 따라서 궁궐에서의 삶이 가능하다면 궁궐에서의 올바른 삶 또한 가능하다. 다시 말해서 모든 사물은 각기 그것이 창조된 목적을 향해 발전해 간다. 그리고 그 발전은 그 사물의 최종 상태를 지향하며, 그 최종 상태는 그 사물을 가장 유익하고 선한 방향으로 이끌어간다.

그런데 이성적 존재에게 있어서의 선은 사회생활을 하는 것이다. 왜냐하면 우리가 사회생활을 영위하기 위해 태어났다는 것은 이미 오래 전에 밝혀진 바이기 때문이다. 열등한 존재는 보다 우월한 존재를 위해, 그리고 보다 우월한 존재는 서로를 위해 존재한다는 것은 명백한 사실이다. 그러므로 생명이 있는 것이 생명이 없는 것보다 우월하며, 생명이 있는 것 중에서도 이성을 부여받고 창조된 존재가 가장 우월한 것이다.

17 손에 넣을 수 없는 것을 추구하는 것은 어리석은 것이다. 그러나 열등한 인간은 그러한 행동을 결코 삼가지 못한다.

18 자연은 어느 누구에게도 극복할 수 없는 일을 주지는 않는다. 당신에게 일어난 일은 또한 다른 사람에게도 일어난다. 그러나 그는 자신에게 일어난 일을 의식하지 못함으로 인해, 혹은 자신의 고결함을 과시하려는 욕망으로 인해 조금도 동요되지 않으며, 또한 상처도 받지 않는다. 무지와 허세가 지혜보다 더 강력하다니, 이 얼마나 어이없는 일인가?

19 외부의 사물 그 자체는 결코 영혼을 건드릴 수 없다. 그것은 영혼 속에 들어갈 수도 없으며, 영혼을 한쪽으로 기울게 하거나 움직일 수 있는 힘도 가지고 있지 않다. 즉 영혼은 오직 영혼 자신에 의해서만 한쪽으로 기울기도 하고 움직이기도 하는 것이다. 영혼은 스스로 인정하는 판단 기준을 갖고 있으며, 모든 외부의 사물들을 그 판단 기준에 적용시킨다.

20 우리가 동료들에게 친절을 베풀고 관대해야 한다는 점에 있어서의 인간은 우리와 매우 가까운 존재이다. 그러나 그들이 우리 자신의 행위를 방해한다는 점에서, 그들은 태양이나 바람이나 야생 동물들만도 못할 만큼 나와는 관계가 없는 존재가 되어버

리기도 한다. 실로 이런 인간에 의해 나의 어떤 행위는 어느 정도 방해받을 수 있겠지만, 나의 의지나 정신의 성품은 방해받지 않는다. 왜냐하면 나의 의지와 정신의 성품은 항상 스스로를 침해당하지 않도록 보호하면서 환경에 적응하기 때문이다. 사실 정신은 모든 장애물을 자신의 목표 달성을 위한 수단으로 바꾸어버리기도 한다. 그러므로 어떤 특별한 길을 가로막는 장애물은 오히려 그 길을 뚫고 가는데 도움이 된다.

21 우주에서 가장 고귀한 것을 존중하라. 그것이 만물을 돌보고 지배하는 것이다. 이와 마찬가지로 당신 자신에게 있어서도 가장 고귀한 부분을 존중하라. 그것은 우주에 대한 의미와 같다. 왜냐하면 당신의 경우에 있어서도 모든 것을 돌보고 지배하는 것은 바로 그 부분이며, 당신의 삶 또한 그 부분에 의해 지배되기 때문이다.

22 사회에 해가 되지 않는 것은 그 구성원인 국민에게도 역시 해가 되지 않는다. 당신이 해를 입었다고 생각될 때에는 항상 '사회가 해를 입지 않는 한, 나도 해를 입지 않는다.' 라는 원칙을 적용하라. 그러나 실제로 사회가 해를 입었다 하더라도 사회에 해를 끼친 사람에게 화를 내지 말고, 그의 어떤 생각이 그를 잘못으로 인도했는가를 지적해 주어라.

23 현존하는 모든 사물과 생겨나고 있는 모든 사물들이 얼마나 빨리 우리 곁을 스쳐 사라지는가를 자주 상기하라. 존재라는 거대한 강은 잠시도 쉬지 않고 흐른다. 그 흐름은 끊임없이 변하며, 그 근원도 수없이 변한다. 정지해 있는 것이라고는 단 한 가지도 없다. 우리의 곁에는 항상 과거의 영원과 미래의 영원이라는 심연이 입을 벌리고 있으며 만물은 사라져버리는 것이다. 그 속에서 마치 자기 주변의 것들이 영원히 변하지 않을 것처럼 으스대거나, 자신의 고통이 영원히 계속될 것처럼 걱정하고 실의에 빠져 있는 사람은 얼마나 어리석은 인간인가!

24 우주의 모든 존재들을 생각해 보라. 그 속에서 당신의 존재는 얼마나 왜소한가. 무한한 시간을 생각해 보라. 그 중에서 당신에게 할당된 시간은 얼마나 짧은 순간에 불과한가. 모든 운명을 생각해 보라. 당신은 그 운명의 극히 작은 한 부분에 불과하다.

25 누군가가 당신에게 잘못을 저질렀는가? 그러나 그것은 당신과는 아무 상관없는 일이다. 그의 정신과 그의 행동은 그의 것이기 때문이다. 당신은 다만 우주의 본질이 당신에게 받아들이라고 명령하는 것만을 받아들일 뿐이며, 당신의 본질이 당신에게 행동하라고 명령하는 것만을 행동할 뿐이다.

26 당신을 지배하는 당신의 이성, 즉 당신 영혼의 지배자가 당신의 육체적 감성—그것이 고통이든 쾌락이든—에 의해서 영향을 받지 않도록 조심하라. 당신의 이성이 육체적 감성과 뒤섞이지 않도록 조심하라. 당신의 이성은 이런 움직임에는 관여하게 하지 말고 육체적 감성은 자신의 영역 안에 머물도록 제한시켜야 한다. 그러나 육체적 감성이 공감(共感)이라는 통로를 통해 이성 속으로 들어오는 경우—이들 양자는 근본적으로 한 육체 안에 존재하기 때문이다.—그 육체적 감성을 배격해서는 안 된다. 왜냐하면 그것은 자연적인 것이기 때문이다. 그러나 이성은 육체적 감성이 선하거나 악하다는 자신의 판단을 내려서는 안 된다.

27 신들과 함께 살라. 신들과 함께 산다는 것은 항상 자신의 영혼이 자기 분수에 만족하고 있음을 신들에게 보여주는 것이며, 자신의 영혼이 내부의 신성—제우스신이 모든 인간에게 주인이요, 지도자로서 부여한 예지와 이성—의 명령을 성실하게 수행하고 있음을 신들에게 보여주는 것이다.

28 어떤 사람의 겨드랑이나 입에서 악취가 난다고 해서 그에게 화를 낼 필요가 있을까? 화를 낸다 하더라도 그것이 무슨 소용이 있겠는가? 그가 갖고 있는 겨드랑이와 입은 그에게 주어진

것이며, 따라서 그런 악취를 풍기지 않을 수 없는 것이다.

어떤 사람은 이렇게 말한다. '그러나 그도 이성을 갖고 있다. 그러므로 자기의 어떤 점이 남에게 혐오감을 주는지 조금만 생각해 보아도 알 수 있을 것이다.' 물론 당신의 말이 옳다. 그러나 당신도 이성을 부여받았다. 그러므로 당신의 이성으로 그의 이성을 일깨워주라. 그에게 그 사실을 일깨워주고 그 사실을 기억하게 하라. 만일 그가 당신의 말에 귀를 기울인다면, 당신은 그를 치료해 준 것이다. 그러면 당신은 더 이상 화를 낼 필요가 없을 것이다. 화를 내는 것은 광대에게나 어울리는 일이다.

29 당신은 사후에 살고 싶은 방식의 삶을 이 세상에서도 살 수가 있다. 만일 사람들이 당신에게 그렇게 사는 것을 허용하지 않는다면, 이 지상에서의 삶을 떠나라. 그러나 학대를 받았다는 생각을 갖지 말고 떠나라. '이 방은 연기가 자욱해. 그래서 난 밖으로 나가는 거야.' 라는 생각으로 떠나라. 당신은 왜 그것을 두려워하는가? 그러나 그런 이유가 나를 내쫓지 않는 한 나는 나 자신의 주인으로서 이곳에 남아 있을 것이며, 어느 누구도 내가 선택하는 삶을 가로막지는 못할 것이다. 그리고 나는 이성적이며 사회적 존재의 본성에 일치하는 삶을 선택할 것이다.

30 우주의 본질은 공공의 이익을 지향한다. 그러므로 우주는 보다 우월한 것들을 위해 보다 열등한 것들을 창조했으며, 보다 높은 존재들이 서로 조화를 이루도록 만들어놓았다. 어떤 것들이 어떻게 종속되고 있으며, 또 어떤 것들이 어떻게 연결되어 있는지 살펴보라. 그리고 각자에게 합당한 임무가 어떻게 부여되어 있으며, 그들 중 보다 우월한 것들이 어떻게 서로 조화를 이루고 있는지를 살펴보라.

31 당신은 지금까지 신들에 대해, 또 당신의 부모 형제와 아내, 자식들, 스승과 친구들, 친척과 아랫사람들에 대해서 어떤 태도를 취해 왔는가? 이제까지 당신은 그들 모두에 대해, '어느 누구에게도 옳지 못한 말과 옳지 못한 행동을 해서는 안 된다.' 라는 옛 시인의 말처럼 행동했는가? 이제까지 당신이 겪어왔던 모든 것들, 당신이 견디어 냈던 모든 것들을 돌이켜보라. 당신의 인생 이야기는 이미 끝났으며 당신의 봉사도 끝났음을 상기하라. 이제까지 당신은 얼마나 많은 아름다운 것들을 보았으며, 얼마나 많은 쾌락과 고통을 대수롭지 않게 여기고, 남들의 영예를 무시해 버렸으며, 불친절한 사람들에게 친절을 베풀었는가를 돌이켜보라.

32 미숙하고 무지한 영혼을 지닌 사람들이 유능하고 현명한 영혼을 지닌 사람들을 혼란시킬 수 있음은 무슨 까닭인가? 그렇다면 유능하고 현명한 영혼이란 대체 어떤 영혼인가? 그것은 우주의 모든 원리를 아는 영혼, 일정한 주기에 따라 영원히 우주를 지배하는 영혼, 모든 존재 속에 스며들어 이성을 아는 영혼인 것이다.

33 머지않아 당신은 재나 백골로 변해 버려 이름만 남든가, 아니면 이름조차 사라져버릴 것이다. 어떤 경우든 이름은 공허한 소리이자 메아리에 지나지 않는다. 인생에 있어서 사람들이 귀중하게 생각하는 것들은 모두 공허하고 썩기 쉽고 하찮은 것들이다. 인간은 서로 물어뜯으며 싸우는 강아지와 같으며, 웃다가도 금방 울고, 다투기를 잘 하는 어린아이와 같다. 신앙과 예의, 정의와 진리는 '드넓은 대지를 떠나 올림포스 산 위로' 사라져버렸다.

그런데 아직도 당신을 이곳에 붙잡아두는 것은 무엇인가? 감각적인 것들은 변하기 쉽고 덧없이 소멸해 버리며, 감각 기능 또한 둔해져 마치 밀랍처럼 변하기 쉽다. 우리의 영혼도 피에서 피어오르는 증기에 지나지 않는다. 그러니 그 속에서의 명성이란 공허한 것이 아니겠는가?

그렇다면 남는 것은 무엇인가? 그것이 소멸이든, 아니면 다른 곳으로의 전이이든 간에 즐거운 마음으로 죽음을 기다려라. 그때가 올 때까지 어떻게 해야 하는가? 신들을 섬기고 찬양하며 다른 사람들에게 친절을 베풀고 참고 견디는 일 이외에 무엇이 있겠는가? 보잘것없는 당신의 육체와 숨결을 벗어난 모든 것은 당신의 것이 아니며, 당신의 능력 안에 있지 않다는 사실을 명심하라.

34 항상 바르게 생각하고 바르게 행동하며 바른길을 가라. 그러면 당신의 인생은 항상 바르게 흘러갈 것이다. 신과 인간의 영혼, 그리고 모든 이성적 존재의 영혼에는 두 가지 공통된 점이 있다. 즉 그것은 다른 어떤 것에 의해서도 방해를 받지 않는다는 것과, 올바른 행위와 태도에 들어 있는 선으로써 다른 모든 욕망을 억제한다는 것이다.

35 만일 그것이 나의 잘못도 아니고 또한 나의 잘못의 결과도 아니라면, 그리고 만일 사회가 그것으로 인해 해를 입지 않는다면 그것으로 인해 내가 괴로워할 필요가 어디 있겠는가? 그리고 그런 일이 사회에 어떤 해를 입힐 수가 있겠는가?

36 어떤 사람이 곤경에 처했다고 해서 성급히 마음을 움직이지 말라. 당신이 그를 도울 수 있고 그 사람도 도움을 받을 자격이 있을 경우에만 도와주어라. 그러나 만일 그의 곤경에 아무런

도덕적 의미가 포함되지 않았다면 그가 진정으로 곤경에 처했다고 생각하지 말라. 왜냐하면 그런 습관을 조장시키는 것도 나쁜 것이기 때문이다. 오히려 그런 경우에는 마치 노인이 떠나면서 자기가 사랑하는 아이의 팽이를, 그것이 단지 팽이에 지나지 않는다는 것을 잘 알면서도 돌려달라고 말하는 노인처럼 행동하라.

나의 친구여, 당신이 연단에서 표를 달라고 눈물을 흘리며 애원할 때 그것이 어떤 가치를 지니고 있는지 잊었는가? '알고 있다. 그러나 청중들은 내가 그렇게 하기를 바란다.' 라고 당신은 말할 것이다. 그렇다고 해서 당신까지도 어리석은 바보가 되어야 하겠는가?

37 '어떠한 숙명 속에서도 나는 항상 행운아였다.' 여기서 행운아란 행운의 선물을 자기 자신에게 주는 사람을 의미하며, 행운의 선물이란 훌륭한 성품, 훌륭한 지각력, 훌륭한 행동을 의미한다.

제 6 장 자연의 원리와 법칙에 대하여

1 우주의 실체는 유순하고 고분고분하다. 그리고 그것을 지배하는 이성은 자신의 내부에 악을 행할 소지를 전혀 가지고 있지 않다. 왜냐하면 그것은 악의라고는 전혀 갖고 있지 않기 때문이다. 이 이성은 어떤 것에도 결코 해를 입히지 않으며, 또 아무것도 이 이성에 의해 해를 입지 않는다. 오히려 만물은 이 이성에 따라 생성되고 완성되어가는 것이다.

2 당신이 자신의 의무를 수행하고 있다면 추위에 얼든, 활활 타오르는 불가에 있든, 피곤하든, 숙면에서 깨어나 상쾌한 기분이든, 사람들로부터 비난을 받든, 칭찬을 받든, 죽음에 처해 있든, 그 밖의 어떤 다른 일에 처해 있든 상관하지 말라. 왜냐하면 죽음 또한 삶의 행위 중의 하나이며 의무를 수행하듯이 죽음을 수행해야 하기 때문이다. 그러므로 죽어가고 있을 때조차도 당신이 해야 할 일은 현재 당신이 행하고 있는 일이 잘 행해지고 있는가를 살피는 것뿐이다.

3 사물의 내부를 보라. 사물의 본질과 가치를 놓치지 말라.

4 눈에 보이는 모든 것은 순식간에 변화해 버린다. 만일 그 물질이 단일체라면 승화에 의해, 그렇지 않다면 원소들의 분산에 의해 변화해 버릴 것이다.

5 지배자인 이성은 자신의 성향을 잘 알고 있고, 자신이 무엇을 창조하며 어떤 재료들로 창조하고 있는지 잘 알고 있다.

6 최선의 복수는 상대방이 자기에게 저지른 악을 행하지 않는 것이다.

7 항상 신을 기억하고 오직 남을 위해 행동하는 데에서만 즐거움과 평온을 찾아라.

8 우리를 지배하는 이성이란 자기 자신을 일깨우고, 자기 자신에게 명령하며, 원하는 대로 자기 자신을 만들고, 발생하는 모든 일을 자신이 원하는 모습으로 바꿀 수 있는 것이다.

9 모든 일은 우주의 본질에 일치하는 상태로 완성된다. 왜냐하면 우주의 본질이 사물들을 덮고 있는 것처럼 보이든, 사물들 안에 내포되어 있는 것처럼 보이든, 아니면 따로 떨어져 독립되어 있는 것처럼 보이든, 모든 사물은 어떤 다른 본질에는 일치할 수 없기 때문이다.

10 이 세상은 결합과 분산이 마구 얽힌 뒤범벅이거나 아니면 질서와 신의 섭리로 조화된 하나의 통일체이다. 만일 이 세상이 전자 쪽이라면, 그런 혼란과 무질서 속에 머물러 있기를 갈망할 이유가 어디 있겠는가? 어떻게 하면 흙으로 돌아갈 수 있을지에 대한 방법을 찾는 것 이외에 걱정할 일이 무엇이겠는가? 마음이 혼란될 이유가 어디 있겠는가? 내가 어떻게 하든 조만간 원소들의 분해 작용이 나를 덮칠 것이 아닌가? 그러나 만일 이 세상이 후자의 경우라면 나는 지배적 이성을 존중하고 신봉하며 그것으로부터 용기를 얻을 것이다.

11 만일 환경에 의해 어쩔 수 없이 혼란에 빠질 경우가 생긴다면 당신은 즉시 본래의 당신 자신으로 되돌아오도록 노력하라. 그리고 불가피한 경우가 아니라면 동요되지 마라. 왜냐하면 항상 조화로 되돌아감으로써 당신은 보다 훌륭하게 조화를 유지할 수 있을 것이기 때문이다.

12 만약 당신에게 생모와 계모가 있다면 당신은 계모에게 의무를 다하려고 노력하겠지만, 그럼에도 끊임없이 생모에게로 돌아가기를 원할 것이다. 궁전과 철학은 당신에게 있어서 마치 계모와 생모의 관계와 같다. 자주 철학으로 돌아가 평온을 찾아라. 평온은 당신으로 하여금 궁전 생활을 견딜 수 있도록 해줄 것이다.

13 만약 당신 앞에 구운 고기나 그 밖의 다른 음식들이 놓여 있다면 마음속으로 '이것은 물고기의 시체, 저것은 새의 시체, 저것은 돼지의 시체' 라고 생각하라. 또한 이탈리아 산 팔레르노 포도주는 포도송이를 눌러 짜낸 즙으로, 제왕의 자줏빛 옷은 양털에 조개의 피를 물들인 것으로 생각하는 것도 매우 유익한 일이다.

이런 생각들은 사물의 핵심을 꿰뚫어 사물의 참모습을 드러내준다. 당신은 일생 동안 이와 같은 생각을 해야 한다. 어떤 사물이 매혹적으로 보일 때 껍질을 벗겨 벌거벗은 모습으로 만들어라. 그리하여 당신으로 하여금 그것들을 대단하게 여기게 만드는 당신의 허영심을 깨뜨려라. 왜냐하면 허영심이야말로 이성을 위험한 혼란 상태로 빠뜨리는 것이며, 당신이 자신의 편견을 가장 소중한 것으로 생각할 때 당신은 허영심에 사로잡히기 쉽기 때문이다.

14 평범한 사람들이 존중하는 것의 대부분은 가장 일반적인 것으로, 단순히 물질적인 상태에 의해 결합되어 있거나 또는

무화과, 포도, 올리브처럼 자연적인 성장 원칙에 의해 결합된 사물들이다. 평범한 사람들보다 조금 더 깨어 있는 사람들은 양이나 소 떼처럼 생명의 원칙에 의해 결합된 것들을 존중하며, 또 그들보다 한층 더 깨어 있는 사람들의 존중을 받는 사물은 이성적 영혼에 의해 결합되어 있는 것들이다. 그러나 이는 보편적인 이성을 갖고 있는 영혼을 말하는 것이 아니라, 난지 손재주나 어떤 다른 재능 또는 수많은 노예를 소유하고 있는 이성을 의미한다.

그런데 이성적이고 우주적이며 사회적인 영혼을 무엇보다도 중요시하는 사람은 자신의 영혼의 성품과 활동이 항상 이성적이며 사회적인 것이 되도록 노력하며, 그것을 위해 자신과 같은 사람들과 협력할 뿐 그 외의 어떤 것에도 마음을 두지 않는다.

15 어떤 것들은 생성되기를 서두르며, 또 어떤 것들은 소멸되기를 서두르고 있다. 그리고 생성 과정에 있는 것조차도 이미 그 일부분은 소멸되기 시작한다. 끊임없는 시간의 흐름이 영원히 항상 새로운 시대를 만들 듯이 변화의 흐름은 끊임없이 우주를 새로운 모습으로 만든다.

한데 휩쓸려 사라져가는 것들 가운데 우리는 무엇을 존중할 수 있단 말인가? 그것은 마치 날아가는 참새에게 마음을 두는 것과 같다. 보라, 참새는 순식간에 시야에서 사라져버린다. 이렇듯 모든 사람에게 있어서 생명 그 자체는 공기로부터 들이쉰 한 호흡이나 피로부터의 한 발산에 지나지 않는 것이다. 왜냐하면 마치 매 순간마다 숨을 들이마셨다가 다시 그것을 토해내듯이 어제 혹은 그저께 당신이 태어날 때 받았던 호흡 기능을, 당신이 그것을 받았던 근원으로 되돌려주는 것과 같기 때문이다.

16 우리가 배설 작용을 한다는 사실을 대단하게 평가해서는 안 된다. 식물들도 발산 작용을 한다. 또한 호흡 작용도 마찬가지이다. 가축과 야생 동물도 호흡 작용을 한다. 감각을 통해 인상을 받거나, 욕망에 의한 충동으로 움직이거나, 무리 생활의 본능과 음식을 섭취하는 일 등은 아무런 가치도 없다. 그것은 음식의 찌꺼기를 배설하는 것과 같은 일이다.

그렇다면 우리가 높이 평가해야 할 것은 무엇인가? 요란한 찬사인가? 아니면 인구에 회자되는 것인가? 그렇지 않다. 왜냐하면 사람들의 찬사는 혓바닥의 재잘거림에 지나지 않기 때문이다. 명성도 하찮은 것으로 뿌리쳐야 한다면, 높이 평가해야 할 것은 무엇인가? 내가 생각하기에는 우리가 창조된 목적에 따라 행동하는 것이다. 모든 예술과 기술이 그것을 지향하고 있다. 왜냐하면 모든 기술의 목적은 만들어진 모든 것이 제 기능을 다하도록 하는 데 있다. 이는 포도나무를 심고 보살피는 사람이나 말을 길들이는 사람, 개를 훈련시키는 사람의 목표이기도 하다. 또한 어린이의 교육법과 교수법도 똑같은 목표를 지향하고 있는 것이다. 이것이야말로 우리가 존중해야 하는 것이다.

만일 당신이 진정으로 이것을 당신의 목표로 삼는다면 그 밖의 어떤 것도 당신을 유혹하지 못할 것이다. 당신이 품고 있는 다른 모든 욕망을 버려라. 그렇지 않으면 당신은 결코 자신의 지배자가 될 수 없을 것이며, 다른 것들로부터 자유로워질 수도 없고, 걱정에서 벗어날 수도 없을 것이다. 왜냐하면 다른 것들에 대한 추구는 당신으로 하여금 시기심과 질투심을 느끼게 하고, 당신에게서 그것들을 빼앗아갈지도 모르는 모든 사람들을 의혹에 찬 눈으로 바라보게 하며, 당신이 소중하게 생각하는 것들을 소유하고 있는 사람들을 모함하게 되기 때문이다. 그런 것들을 없어서는 안 되는 것이라고 생각하는 사람은 어쩔 수 없이 혼란에 빠지게 되며, 신들에 대한 많은 비난을 퍼붓게 된다. 그러나 만일 당신이 당신의 내부에 있는 정신을 높이 평가하고 존중한다면 당신은 평온해지고, 사람들과 화합하게 되며, 신들과도 조화를 이루게 될 것이다. 그리하여 신들로부터 당신의 몫으로 받은 당신의 운명이 어떤 것이건 간에, 당신은 그것에 만족하고 기꺼이 복종할 것이다.

17 원소들은 그들의 궤도를 따라 위로, 아래로, 또는 원을 그리면서 이리저리 떠돌아다닌다. 그러나 덕의 작용은 원소들의 운동과는 전혀 다르다. 덕은 보다 신성하며 화기애애한 가운데 스스로의 길을 걸어가는 모습은 거의 분별하기 어렵다.

18 인간의 행위는 얼마나 이상한가. 그들은 자신들과 함께 살고 있는 같은 시대의 사람들은 칭찬하려 하지 않으면서도 자신들은 이제까지 본 적도 없고 앞으로도 보지 못할 후세 사람들로부터 칭찬받기를 갈망한다. 그것은 이미 죽은 자신의 조상들이 자기를 칭찬해 주지 않았다고 투덜대는 것과 다를 바 없는 것이다.

19 당신에게 힘든 일이라 하여 그 일을 인간으로서는 해낼 수 없는 일이라고 생각하지 말라. 만일 어떤 일이 인간으로서 해낼 수 있으며 또 인간에게 합당한 일이라면 당신도 그 일을 해낼 수 있다고 생각하라.

20 우리는 운동 경기를 하는 도중에 상대방의 손톱에 할퀴거나 부딪쳐서 머리에 상처를 입기도 한다. 그러나 우리는 그것을 문제 삼아 보복하거나 그의 행위가 악의에서 나온 것이라고 의심하지 않는다. 다만 우리는 그를 경계하게 된다. 그것은 그를 적으로 생각해서도 아니고 그를 의심해서도 아니다. 다만 아무런 악의 없는 그의 일격으로부터 벗어나기 위해서이다.

인생에 있어서도 우리는 이와 같이 해야 한다. 우리와 함께 경기를 하고 있다고 생각되는 사람들에게 여러 면에서 관대하게 대해야 하지 않겠는가? 그러면서 우리는 상대방을 조심해야 한다.

왜냐하면 그렇게 함으로써 우리는 의혹을 품거나 미워하지 않고 그를 피할 수 있기 때문이다.

21 만일 누군가가 나의 생각이나 행위가 옳지 않다는 것을 설명해 주고 증명해 준다면 나는 기꺼이 나의 생각과 행동을 고칠 것이다. 왜냐하면 나는 진리를 찾고 있으며, 진리는 이제까지 어느 누구도 해친 일이 없기 때문이다. 해를 입히는 것은 오히려 자기기만과 무지에 대한 고집이다.

22 나는 내가 해야 할 나의 의무를 수행한다. 그리고 그 이외의 것은 결코 나의 마음을 혼란시키지 않는다. 왜냐하면 그런 것들은 생명이 없고 이성이 없으며 어디로 가고 있는지도 모르고 방황하기 때문이다.

23 이성이 없는 동물들과 생명이 없는 사물들에게는 관대하고 너그럽게 대하라. 당신은 이성을 부여받았지만 그것들은 이성을 부여받지 못했기 때문이다. 그러나 인간에 대해서는 그들도 이성을 지니고 있으므로 동료 의식을 갖고 대하라. 그리고 모든 일을 신들에게 호소하라. 이 때문에 당신이 기도하는데 걸리는 시간에 대해서 너무 걱정하지 말라. 길게 하더라도 세 시간이면 충분하다.

24 마케도니아의 알렉산더 대왕이나 그의 마부도 죽어서는 같은 신세가 되었다. 왜냐하면 그들은 똑같이 동일한 우주의 창조적 이성 속에 흡수되었거나 원자로 분해되어버렸기 때문이다.

25 우리들 각자의 내부에서 얼마나 많은 정신적 육체적 일들이 동시에 일어나고 있는지 생각해 보라. 그러면 당신은 무한히 많은 사물들이, 즉 우리가 우주라고 부르는 유일하고도 보편적인 것 속에 생성되는 모든 것들이 동시에 존재할 수 있음에 대해 놀라지 않을 것이다.

26 만일 어떤 사람이 당신에게 '안토니누스라는 이름은 어떻게 쓰는가?' 라고 묻는다면, 당신은 화가 나서 한 자 한 자 목청껏 외치겠는가? 그리하여 만일 그가 당신에게 화를 낸다면 당신도 역시 화를 내겠는가? 그것보다는 글자 하나하나를 부드럽게 말해 주는 것이 좋지 않을까?

당신의 인생에 있어서도 마찬가지이다. 당신의 모든 의무도 이와 같이 독립된 행위들의 결합임을 명심하라. 그러므로 당신에게 화를 내는 사람들에게 화를 내지 말고 각각의 행위들에 세심한 주의를 기울여라. 그리하여 당신에게 주어진 일들을 평온한 마음으로 질서정연하게 완수하라.

27 사람들로부터 자신의 마음에 들며 이익이 된다고 생각하는 것을 추구할 권리를 빼앗는 것은 얼마나 잔인한 일인가! 그러나 당신이 그들의 그릇된 행위에 대해 분개할 때, 어떤 의미에서는 당신은 잔인한 일을 저지르는 것이다. 왜냐하면 그들은 오직 자신의 마음에 들며 자신에게 이익이 된다고 생각되는 것들에만 몰두하기 때문이다. 당신은 그들에게 그르다고 말하고 싶은가? 그렇다면 화를 내지 말고 그들에게 그렇게 말해주고 그들이 그르다는 사실을 증명해 주어라.

28 죽음이란 감각 기관을 통하여 들어오는 지각이나 욕망의 끈에 의해 꼭두각시처럼 조종되는 것, 그리고 정신의 방황과 육체에 대한 봉사로부터의 해방이다.

29 육체는 아직도 지치지 않았는데 영혼이 먼저 인생의 도중에 지쳐 비틀거린다는 것은 부끄러운 일이다.

30 지나치게 군주인 체하거나 군주 의식에 깊이 물들지 않도록 주의하라. 그런 일은 일어나기 쉽기 때문이다. 항상 소박하고 선량하며 순결하고 진지하고 꾸밈이 없도록 하라. 또한 정의를 사랑하고 경건하며 친절하고 관대하고 온 마음을 다하여 당신의 의무를 수행하라. 항상 철학이 당신에게 요구하는 그런 사람이 되

도록 최선을 다하라. 신들을 공경하고 사람들을 보호하라. 인생은 짧다. 이 지상의 생활에서 거두어들일 수 있는 유일한 수확은 경건한 태도와 공공의 이익을 위한 행위뿐이다.

모든 일에 있어서 안토니누스의 제자로서 행동하라. 이성에 따르는 행동을 하려는 그의 열성적 노력, 어떤 경우에도 흔들림이 없었던 그의 침착성, 그의 경건함, 그의 온화한 모습, 그의 친절하고 가식 없는 태도, 사물을 바르게 이해하려는 그의 열성을 배워라. 그는 어떤 행동을 함에 있어 항상 그 행동을 철저히 검토하여 완전히 파악하고 나서야 행동에 옮겼으며, 부당하게 자신을 비난하는 사람에게도 반박하지 않고 묵묵히 참아냈다. 그는 결코 서두르는 일이 없었으며 남을 비방하는 말에 귀를 기울이지 않았다. 또한 그는 사람들의 성품과 행동을 판단함에 있어 정확했으며 남을 비판하지 않았고 소문을 두려워하지도 않았다. 조금도 남을 의식하거나 시기하지 않았으며 궤변가도 아니었다. 그는 집, 잠자리, 옷, 식사 및 하인 등도 최소한으로 만족했으며 매우 근면했고 인내심이 강했다. 그는 일하기를 좋아했으며 정해진 식사 시간을 제외하고는 아침부터 저녁까지 쉬지 않고 한 가지 일에 몰두할 정도로 정력적이었다. 친구들에 대한 그의 우정은 한결같았으며 변함이 없었다. 그는 자신의 의견에 대한 공공연한 반대 의견에 관대했으며, 어떤 사람이 자신의 의견보다 훌륭한 의견을 가르쳐줄 때에는 그 의견을 기꺼이 받아들였다. 그는 신을 경외했지만 미신에 빠져들지는 않았다. 당신의 마지막 순간이 닥쳐오더라도 당신의 양심이 그의 양심처럼 될 수 있도록 그의 이러한 모든 점들을 본받도록 노력하라.

31 자, 이제 잠에서 깨어나 당신의 참된 자아로 돌아오라. 당신을 괴롭혔던 것은 꿈에 지나지 않는다. 당신이 꿈속에서 본 것처럼, 이제 당신의 깨어 있는 눈에 비치는 참모습을 보라.

32 나는 육체와 영혼으로 이루어져 있다. 그런데 육체에 관한 한 모든 일이 어떻게 돌아가든 아무런 의미가 없다. 왜냐하면 육체는 사물을 식별할 수 있는 능력이 없기 때문이다. 그러나 영혼에 있어서는 그 작용 안에 속하지 않는 것은 아무래도 상관없지만, 그 작용 안에 속하는 것은 그 능력 범위 안에 있다. 그 중에서도 영혼이 관계하는 것은 오직 현재의 활동뿐이다. 왜냐하면 미래와 과거의 활동 그 자체는 현재와는 아무런 상관이 없기 때문이다.

33 발이 발의 기능을 수행하고, 손이 손의 기능을 수행하는 한, 손과 발의 노동은 본질에 어긋나는 일이 없다. 이와 마찬가지로 인간이 인간으로서의 기능을 다하는 한 인간의 노동은 본질에 어긋나는 일이 없다. 인간의 노동이 인간의 본질에 어긋나는 것이 아니라면, 그것은 인간에게 해가 되지 않는다.

34 강도와 방탕한 자, 친족을 죽인 자나 폭군들은 도대체 어떤 쾌락을 맛보았던 것일까!

35 기술자들은 어느 한계까지는 기술이 미숙한 고용주의 요구에 응하지만, 자신들의 원리에 따르는 이성적 원칙만은 굳게 지켜 거기에서 벗어나려 하지 않는다는 사실에 주목하라. 만일 건축가나 의사가 자기 기술의 원리를, 신과 더불어 공유하고 있는 자신의 이성적 원칙보다 더 존중한다면 이는 이상한 일이 아닌가!

36 우주 속에서의 아시아와 유럽은 극히 작은 구석에 불과하다. 5대양의 물은 하나의 물방울에 불과하며 아토스 산은 작은 흙더미에 불과하다. 그리고 현재의 시간은 한 점에 지나지 않는다. 모든 사물은 보잘것없고 변화하기 쉬우며 덧없이 사라져간다.

만물은 우주 최고의 이성이라는 동일한 근원으로부터 직접 생겨나거나 아니면 그 인과관계에 따라 생겨난다. 그러므로 사자의 딱 벌린 입이나 사람을 죽이는 독이나 그 밖의 가시나 늪처럼 사람을 해치는 것들조차도 고귀하고 아름다운 다른 어떤 것의 부산물인 것이다. 따라서 이것들이 당신이 소중히 여기는 것과는 전혀 다른 것이라고 생각해서는 안 된다. 만물의 공통된 근원인 저 우주 최고의 이성에 당신의 생각을 집중시켜라.

37 현존하는 사물들을 보는 것은 태초 이래로 존재해 온 모든 것을 보는 것이며, 또한 영원한 미래에 존재하게 될 모든 사물을 보는 것이다. 왜냐하면 모든 사물은 동일한 근원으로부터 나오며 동일한 형태를 하고 있기 때문이다.

38 우주 속의 만물의 연관과 상호 관계에 대해 사주 생각하라. 어느 의미에서 만물은 서로 결합되어 있으며 따라서 서로 우호 관계를 갖고 있다. 왜냐하면 이것들은 그들 사이에 작용하는 장력(張力)으로 인해, 그들 모두에게서 숨 쉬고 있는 공통된 정신으로 인해, 그리고 모든 존재의 단일성으로 인해 서로 원인이 되고 결과가 되고 있기 때문이다.

39 당신에게 주어진 환경에 당신을 적응시켜라. 그리고 운명적으로 정해진 당신 주위의 사람들에게 참된 사랑을 베풀어라.

40 연장이나 기구나 그릇은 그것이 만들어진 목적을 수행하기만 하면 그것을 만들어낸 사람이 없어도 상관없다. 그러나 자연에 의해 조직적으로 결합된 사물들의 경우에는 그것들을 만들어낸 힘이 여전히 그것들 속에 머물러 있다. 그러므로 당신은 그 힘을 더욱더 존중해야 한다. 당신이 일생을 통해 그 힘의 뜻에 따

라 행동하고 살아간다면 모든 것이 당신의 이성을 만족시킬 것이라는 사실을 믿어라. 마찬가지로 우주의 경우에 있어서도, 우주 안에 있는 모든 사물은 우주의 이성을 만족시키는 것이다.

41 만일 당신의 힘이 미치지 못하는 어떤 것을 당신을 위해 선한 것이라거나 혹은 악한 것이라고 생각한다면, 당신은 그런 선을 잃음에 대해 혹은 그런 악을 만남에 대해 신을 원망하고, 실패와 불행의 원인이 되었거나 그 원인이라고 당신이 생각한 사람들을 증오할 것이다.

실제로 우리는 이러한 것들을 중요하게 여김으로써 많은 잘못을 저지른다. 그러나 만일 우리의 힘이 미치는 것들에 대해서만 선 혹은 악이라고 판단한다면, 우리는 선을 원망하거나 다른 사람들을 적으로 대할 이유가 없다.

42 우리는 모두 동일한 목적을 위해 함께 일하고 있다. 우리들 중 어떤 사람은 그 사실을 알고 목적의식을 갖고 일하고 있으며, 또 어떤 사람은 '인간은 잠자고 있는 상태에서조차도 일하고 있으며, 우주의 진행 속에서 자신의 몫을 하고 있는 것이다.' 라는 헤라클레이토스의 말처럼 그 사실을 전혀 모르는 상태에서 일하고 있다. 사람들은 각기 자기 나름대로 우주의 진행에 기여하고

있으며, 심지어 발생하는 일들을 방해하고 파괴하려는 사람들조차도 자신의 의도와는 무관하게 우주의 진행에 기여하고 있는 것이다. 우주는 그러한 사람들까지도 필요로 하는 것이다.

그러므로 당신은 어느 쪽을 택할 것인가 하는 문제만이 남아 있다. 당신이 어느 쪽을 택하든 모든 것을 다스리는 이성은 당신을 이용할 것이며, 자신의 협조자들 속에 당신의 자리를 만들어줄 것이다. 그러나 크리시포스가 말한 것처럼 무대 위의 어릿광대와 같은 천박하고 우스꽝스러운 역할을 맡지 않도록 노력하라.

43 태양이 비의 역할을 할 수 있을까? 아스클레피오스(의술의 신)가 데메테르(수확의 여신)의 역할을 할 수 있을까? 또한 수많은 별들은 어떠한가? 그들은 각기 다르지만 동일한 목적을 위해 협력하고 있지 않은가?

44 만일 신들이 나에 대해서, 그리고 내게 일어날 일에 대해서 함께 의논을 했더라면 그것은 분명 좋은 계획일 것이다. 왜냐하면 사려가 깊지 않은 신이란 생각조차 할 수 없기 때문이다. 그리고 신들이 나를 해칠 이유가 어디 있겠는가? 나를 해친다고 해서 신들에게, 혹은 신들이 가장 관심을 기울이고 있는 우주에게 무슨 이익이 있겠는가?

그러나 신들이 특별히 나를 위해 계획을 세워놓지 않았다 하더라도, 적어도 그들은 우주를 위해서는 훌륭한 계획을 세워놓았을 것이다. 그러므로 나는 그 계획의 결과로서 내게 일어나는 모든 일들을 기꺼이 받아들이고 사랑해야 한다. 만일 신들이 아무런 계획도 세워놓지 않았다면—그렇게 믿는 것은 불경스러운 일이지만—우리는 신들에게 제물을 바친다든지, 기도를 한다든지, 맹세한다는지, 혹은 신들은 존재하며 우리들 사이에 살아 있다는 것을 인정함으로써 행하는 우리의 모든 다른 행위들을 더 이상 행할 필요가 없을 것이다.

그러나 그것이 사실이라 하더라도, 즉 신들이 우리 인간들을 위해 특별히 계획을 세워놓지 않았다 하더라도, 나는 나 자신을 위해 계획을 세울 수도 있으며 나 자신의 이익을 도모할 수도 있는 것이다. 그런데 모든 존재의 이익은 자신의 본성과 본질에 따르는데 있다. 나 자신의 본성은 이성적이며 사회적인 것이다. 즉 내가 마르쿠스인 한 나의 도시와 국가는 로마이고, 내가 인간인 한 나의 도시와 국가는 곧 우주인 것이다. 그러므로 이 사회에 유익한 것만이 내게도 유익한 것이다.

45 각 개인에게 일어나는 모든 일들은 전체의 이익을 위한 것이다. 이 사실을 아는 것만으로도 충분하다. 그러나 좀 더 주의 깊게 살펴보면, 당신은 한 사람에게 이익이 되는 것은 다른 사람

에게도 또한 이익이 된다는 일반적인 원칙을 발견할 수 있을 것이다.(그러나 여기서 말하는 '이익'이라는 말은 도덕과는 관계없는 것들을 포함한, 보다 일반적인 의미로 받아들여져야 한다.)

46 원형 경기장이나 이와 비슷한 곳에서 행해지는 경기는 항상 똑같은 것만을 보여주기 때문에 사람들에세 단조롭고 지루한 느낌을 준다. 당신도 진저리가 날 것이다. 이와 같은 느낌을 당신은 인생 전체에 대해서도 느낄 것이다. 왜냐하면 하늘 위와 하늘 아래의 모든 일이 항상 똑같으며 같은 것에서 생겼기 때문이다. 얼마나 오랫동안 계속될 것인가?

47 죽음은 어느 종족이나 어느 부류, 또는 어떤 일에 종사하든 그것과 관계없이 찾아왔음을 항상 기억하라. 심지어 필리스티온이나 포이보스나 오리가니온 등도 죽었다. 다시 다른 사람들에게로 눈을 돌려보라. 많은 위대한 웅변가들이나 엄숙한 철학자들, 예컨대 헤라클레이토스, 피타고라스, 소크라테스 등이 사라진 뒤를 우리도 따라가야 한다. 그리고 수많은 옛날의 영웅들, 그 이후의 장군이나 제왕들, 에우독소스(플라톤의 제자이며 수학자), 히파르코스(프톨레마이오스 왕조 시대의 수학자), 아르키메데스, 그 밖의 수많은 뛰어난 지자(智者)들, 숭고한 정신을 지녔던 사상가들, 불굴의 정신을 지녔던 사람들, 수완 있는 사람들, 의욕에 찬 사람

들, 그리고 메니포스(견유학파의 철학자)와 그의 제자들처럼 인생의 덧없음과 짧음을 조소했던 많은 사람들은 이미 오래 전부터 무덤 속에 누워 있음을 자주 상기하라. 그들이 지금 무덤 속에 누워 있다고 해서 그것이 그들에게 무슨 나쁜 일이겠는가? 더구나 그들의 이름이 잊혀졌다고 해서 그들에게 더 나빠질 것이 무엇이겠는가? 이 세상에서의 삶에 있어서 가치 있는 것은 오직 한 가지뿐이다. 그것은 진실하지 못하고 정의롭지 못한 사람들에게도 관대하게 대하며, 진리와 정의 속에서 살아가는 것이다.

48 정신의 활력을 얻고자 할 때에는 당신의 주위에 있는 사람들의 장점을 생각하라. 이 사람에게는 적극성을, 저 사람에게는 겸손을, 또 다른 사람에게는 관대함을……. 실의에서 벗어나는 데는 주위 사람들의 성품 속에 덕이 풍부하게 나타날 때, 여러 장점들의 표본을 보는 것보다 더 훌륭한 치료법은 없다. 그러므로 항상 주위 사람들의 장점들을 바라보라.

49 당신의 현재 체중이 3백 파운드보다 적게 나간다고 불만스러워 하지는 않을 것이다. 이와 마찬가지로 당신이 수명만큼만 산다고 해서 한탄할 것은 못 된다. 당신에게 할당된 육체의 크기에 만족하는 것처럼, 당신에게 할당된 시간의 길이에도 만족하라.

50 설득에 의해 사람들의 마음을 움직여라. 그러나 정의의 이성적 원칙이 그들의 의지에 대항하라고 지시하면 그 지시를 따르도록 하라. 그러나 만일 누군가가 강압적으로 당신을 가로막고 방해한다면 괴로워하지 말고 스스로 물러나, 그 장애물을 어떤 다른 미덕을 쌓는 기회로 삼아라. 당신의 시도는 잠정적으로 유보된 것이며, 당신은 불가능한 것을 목표로 했던 것이 아니라는 사실을 명심하라. 그렇다면 그 목표는 무엇인가? 그것은 시도해 보는 것, 바로 그것이었다. 그 점에 있어서 당신은 성공한 것이며, 동시에 당신으로 하여금 시도하게 한 당신 내부의 필요불가결한 생존 조건들도 실현된 것이다.

51 명예를 추구하는 사람은 다른 사람들의 행위 속에서 자신의 행복을 찾으며, 쾌락을 추구하는 사람은 자기 자신의 감각 속에서 행복을 찾는다. 그러나 지혜로운 사람은 자신의 행위 속에서 행복을 찾는다.

52 당신의 눈앞에 있는 어떤 사물도 당신으로 하여금 어떤 견해를 갖도록 강요하거나 당신의 마음을 혼란시키지도 않는다. 왜냐하면 사물 그 자체는 본질적으로 당신의 판단을 강요할 힘을 갖고 있지 않기 때문이다.

53 다른 사람들의 말을 주의 깊게 듣는 습관을 길러라. 그리고 말하는 사람들의 진심을 이해하도록 최선을 다하라.

54 벌집에 유익하지 못한 것은 벌에게도 유익하지 못하다.

55 만일 선원들이 조타수를 비방하거나 환자들이 의사를 욕한다면, 다른 사람의 말을 들어야 할 것이다. 그렇지 않다면 어떻게 조타수가 배에 타고 있는 승객들의 안전을 도모하고, 의사가 자기를 찾아오는 환자의 병을 고칠 수 있겠는가.

56 나와 함께 이 세상에 태어난 사람들 중 얼마나 많은 사람들이 이미 사라져버렸는가!

57 황달병을 앓는 사람에게는 꿀이 쓰게 느껴지고, 광수병(狂水病)에 걸린 사람에게는 물이 공포의 대상으로 느껴진다. 또 어린아이들은 공을 매우 소중한 보물로 생각한다. 그런데 나는 왜 화를 내는 것일까? 혹시 당신은 인간의 그릇된 생각이 황달병 환자의 담즙이나 광수병 환자의 병독(病毒)보다 덜하다고 생각하는 것은 아닌가?

58 당신이 당신 자신의 본성인 이성에 따라 살아가는 것을 방해할 수 있는 사람은 아무도 없다. 우주의 법칙에 어긋나는 일은 결코 당신에게 일어나지 않을 것이다.

59 쾌락을 추구하는 인간들은 얼마나 가련한 존재들인가! 그들이 추구하는 목적과 그들이 사용하는 수단은 얼마나 저급한 것들인가! 시간은 얼마나 빨리 이 모든 것을 감춰버리는가! 그리고 이미 얼마나 많은 것들을 빼앗아갔는가!

제 7 장
우주의 지배적 이성에 대하여

1 악이란 무엇인가? 그것은 당신이 지금까지 수없이 보아온 것들이며, 당신이 보아온 모든 일에 악이 존재했다는 사실을 기억하라. 그리고 이후 그 어떤 곳에서도 지금까지 보아온 것들과 똑같은 악을 발견할 것이다. 모든 역사의 페이지에는, 즉 고대나 중세나 현대의 역사에도 똑같은 것들로 가득 차 있다. 새로운 것은 아무것도 없고, 모든 것이 우리의 눈에 익은 것들이다. 그리고 그러한 것들은 잠시 동안 존재한다.

2 당신의 원칙은 그것에 대응하는 당신의 관념이 소멸되지 않는 한 생명력을 잃지 않는다. 그리고 그러한 관념들을 끊임없이 새로운 불꽃으로 타오르게 하는 것도 오직 당신에게 달려 있다.

나는 사물에 대해 올바른 관념을 가질 수 있다. 내게 그렇게 할 수 있는 능력이 있는 한, 나의 마음을 혼란시키는 것은 아무것도 없다. 나의 마음속에 있지 않은 것은 나에게 아무런 영향도 주지 못한다. 이 사실을 배워라, 그리고 똑바로 일어서라. 그러면 당신은 새로운 생활을 할 수 있을 것이다. 그리고 사물을 다시 한 번 이전의 눈으로 바라보라. 새로운 삶은 여기서 비롯된다.

3 헛된 영화에 대한 추구, 무대 위에서의 연극, 양 떼와 소 떼, 창(槍) 싸움, 강아지들에게 던져진 뼈, 물고기에게 던져진 빵 부스러기, 무거운 짐을 지고 힘겹게 일하는 개미들, 겁먹고 허겁지겁하는 쥐들, 끈에 의해 조종되는 인형들—당신은 이런 것들 속에서 거드름을 부리지 말고 항상 온화한 태도를 지녀야 한다. 그리고 인간의 가치는 그 사람이 추구하는 대상의 가치와 동일하다는 것을 명심하라.

4 대화를 할 때에는 상대방의 이야기에 귀를 기울여야 하며, 행동할 때에는 그 결과에 주의해야 한다. 전자의 경우에는 그 말이 무엇을 의미하는가를 명백히 알아야 하며, 후자의 경우에는 그 행동의 목적이 무엇인가를 간파해야 한다.

5 나의 지능이 이 일을 감당해낼 수 있을까? 만일 감당해낼 수 있다면, 나는 자연으로부터 부여받은 도구를 사용하듯이 나의 능력을 그 일을 위해 사용하리라. 그러나 만일 내가 그 일을 감당해낼 수 없다면, 이 일을 다른 사람에게 맡기고 내가 물러나서는 안 되는 이유가 없는 한, 나는 그 일을 성취할 수 있는 보다 재능

있는 다른 사람에게 양보하거나, 아니면 사회를 위해 유익한 일을 할 수 있는 사람을 조수로 삼아 내가 할 수 있는 최선을 다할 것이다. 왜냐하면 나 혼자서 하든 혹은 다른 사람과 함께 하든, 내가 하는 일은 모두 사회에 유익하고 적합해야만 하기 때문이다.

6 지난날 얼마나 많은 사람들이 그토록 명성을 떨치다가 결국은 사람의 기억 속에서 사라져버렸는가! 그리고 그들을 찬양했던 사람들도 얼마나 많이 우리의 시야에서 사라져버렸는가!

7 다른 사람의 도움을 받는 것을 부끄럽게 생각하지 말라. 왜냐하면 당신은 마치 싸워서 성채를 쟁취하려는 병사처럼 주어진 일을 완수해야 할 의무가 있기 때문이다. 만약 당신의 한쪽 발이 불편해서 당신 혼자 힘으로는 성벽을 오를 수 없는데, 다른 사람의 도움을 받아 올라갈 수 있다면 어떻게 하겠는가?

8 미래의 일로 인해 걱정하지 말라. 필연적으로 그 일과 부딪힐 수밖에 없다 하더라도, 당신이 지금 눈앞에 닥친 일을 처리하는 그 이성으로 미래의 일과 맞설 수 있을 것이기 때문이다.

9 만물은 서로 관련되어 있다. 어떤 신성한 결합력이 그들을 결속시키고 있는 것이다. 그러므로 서로 관계가 없는 것은 거의

없다. 모든 것이 서로 화합을 이루고 있으며, 하나의 질서 있는 우주를 형성하는데 이바지하고 있는 것이다. 우주는 만물로 이루어진 하나의 통일체이다. 즉 만물 속에 존재하는 유일한 신, 유일한 실체, 유일한 법칙이 있으며, 사유 능력을 지닌 모든 동물들이 소유하고 있는 공통된 이성이 있다. 그리고 우리가 믿고 있는 바와 같이, 같은 종류이며 같은 이성을 지닌 존재들이 완성에 이르는 길이 오직 한 가지밖에 없다면, 모든 진리도 하나다.

10 모든 물질적인 것은 순식간에 우주의 본질 속으로 사라져버린다. 모든 원인은 순식간에 우주의 이성 속으로 환원되며, 모든 기억은 순식간에 시간 속에 묻혀버린다.

11 이성적 존재에게 있어서는 자연에 따르는 행위와 이성에 따르는 행위가 동일하다.

12 자신의 힘으로 똑바로 일어서라. 그럴 수 없다면 다른 사람의 힘을 빌려서라도 일어서라.

13 여러 가지 요소들로 이루어진 하나의 조직체 속에서 이성을 지닌 존재의 역할은 팔다리와 동체가 하나의 육신을 형성하는 것과 같다. 왜냐하면 그들은 서로 협력하도록 만들어졌기 때문

이다. 만일 당신이 자기 자신에게 '나는 이성적 존재들로 이루어진 하나의 유기체의 팔다리이다.' 라고 말한다면, 그러한 관계는 더욱 분명하게 인식될 것이다.

그러나 만일 당신이 당신 자신에게 '나는 한 부분에 지나지 않는다.' 라고 말한다면 당신은 아직 진심으로 인간을 사랑하는 것이 아니며, 또한 인간을 위해 선을 베푸는 행위를 그다지 기쁘게 생각하지 않는 것이다. 당신은 다만 의무로써 그것을 행할 뿐 당신 자신에게 선을 행하고 있지는 않다.

14 외부에서 일어나는 일에 의해 해를 입을 수 있는 사람들에게 어떤 외부적인 일이 일어난다 하더라도 그냥 내버려두어라. 그런 사람들은 그 일에 대해 불평할지도 모른다. 그러나 자기에게 일어난 일을 나쁜 일이라고 생각하지 않는 한, 아무런 해도 입지 않는다. 그리고 그런 일을 나쁜 일이라고 생각하도록 내게 강요할 수 있는 것은 아무것도 없다.

15 '누가 무슨 말을 하고 어떤 행동을 하건 나는 선해야 한다.' 이 말은 마치 황금이나 에메랄드가 '누가 무슨 말을 하고 어떤 행동을 하건, 나는 에메랄드(또는 황금)이어야 한다. 나는 본래의 색깔을 그대로 지니고 있어야 한다.' 라고 입버릇처럼 말하는 것과 같다.

16 우리를 지배하는 이성은 결코 자신을 괴롭히지 않는다. 즉 자기 자신을 두렵게 하거나 욕망에 사로잡히지 않는다. 만일 다른 누군가가 그 이성을 두렵게 하거나 고통을 줄 수 있다고 생각한다면 마음대로 하게 하라. 왜냐하면 이성은 자신의 신념으로 인해 그릇되게 인도되는 것을 결코 허용하지 않을 것이기 때문이다.

가능한 한 당신의 육체가 고통받지 않도록 조심하라. 만일 육체가 고통받고 있다면 육체로 하여금 고통을 받고 있다고 말하게 하라. 그러나 두려움과 고통을 느낄 수 있는 유일한 부분인 영혼은 조금도 해를 입지 않는다. 왜냐하면 그러한 두려움과 고통은 영혼의 판단에 의해 생겨나기도 하고 생겨나지 않기도 하기 때문이다.

그러므로 우리를 지배하는 이성 그 자체는 스스로 어떤 요구를 하지 않는 한 아무것도 필요로 하지 않는, 말하자면 충족 상태에 있는 것이다. 따라서 이성은 스스로를 괴롭히거나 속박하지 않는 한 괴로움을 당하거나 속박당하지 않는다.

17 행복이란 어원적으로는 '내부의 선한 신(신성)' 즉 선한 이성을 의미한다. 그런데 헛된 망상이여, 너는 여기서 무엇을 하고 있는가? 제발 신들의 이름으로 간청하거니와 너는 다른 곳에서 온 나그네이므로 이제 떠나거라. 나는 너를 필요로 하지 않는다. 너는 단지 오랜 습관에 따라 내게로 온 것뿐이다. 나는 네게 악의를 품고 있지는 않다. 그러나 사라져라.

18 우리는 변화를 두려워한다. 그러나 변화 없이 생겨날 수 있는 것이 있는가? 변화보다 더 친밀하고 소중한 것이 무엇인가? 장작이 변화하지 않는다면 당신은 따뜻한 물로 목욕을 할 수 있겠는가? 만일 음식이 변화하지 않는다면 당신은 영양을 섭취할 수 있겠는가? 그 밖에 필요한 일들 중 변화 없이 이루어질 수 있는 것이 있겠는가? 당신 자신의 변화도 이와 같은 것이며, 우주의 자연에게도 반드시 변화가 필요한 것임을 당신은 왜 모르는가?

19 우리 신체의 각 부분이 전체와 연결되어 서로 유기적으로 협력하듯이, 모든 물체는 급류에 휩쓸려 떠내려가듯이 우주의 본질에 실려 흘러가며 서로 협력한다. 시간은 크리시포스, 소크라테스, 에픽테토스와 같은 사람들을 얼마나 많이 삼켜버렸는가! 어떤 사람, 어떤 일에 대해서도 이 사실을 기억하라.

20 내가 걱정하는 것은 오직 한 가지뿐이다. 그것은 혹시나 자신이 인간의 본성이 허락하지 않는 일을 허락하지 않는 방법으로 지금 하고 있는 것은 아닐까 하는 것이다.

21 머지않아 당신은 모든 일을 잊을 것이며, 또한 머지않아 모든 사람도 당신을 잊을 것이다.

22 잘못을 저지르는 사람들과 그릇된 길로 가는 사람들까지도 사랑할 수 있는 것은 인간만이 가지고 있는 특성이다. 만일 당신이 그런 사람들도 당신의 형제이며 그들은 무지로 인해 본의 아니게 잘못을 저질렀다는 것을, 그리고 머지않아 당신도 그들도 모두 죽을 것이며, 무엇보다도 그들이 당신에게 아무런 해도 입히지 않았다는 사실을 상기한다면—그들은 당신의 이성을 나쁘게 만들지 못하기 때문이다.—당신은 그런 사람들을 사랑할 수 있을 것이다.

23 우주의 본질은 전체의 물질을 사용하여 마치 밀랍으로 만들 듯이, 말[馬]을 만들었다가는 곧 그 말을 부수어 그 재료로 나무를 만들며, 다시 그 나무를 부수어 사람을 만들고, 다시 그 사람을 부수어 다른 것을 만든다. 그러나 이렇게 해서 만들어진 것들도 극히 짧은 시간 동안 존속하는 것이다. 그릇을 만드는 것이 두렵지 않은 것처럼 부수는 것도 또한 조금도 두려운 일이 아닌 것이다.

24 얼굴에 분노를 나타내는 것은 자연에 어긋나는 일이다. 만일 자주 그런 얼굴을 한다면 아름다움은 사라지고 결국 완전히 없어져서 다시는 소생시킬 수 없게 된다. 그러므로 그것은 이성에 어긋나는 일임을 깨닫도록 노력하라. 우리가 우리의 잘못을 깨달을 능력을 잃는다면, 계속해서 살아갈 이유가 어디 있겠는가?

25 우주를 지배하는 자연은 당신이 보고 있는 모든 것을 순식간에 변화시켜 그 물질로 다른 것을 만들고, 다시 그 물질에서 또 다른 새로운 것을 만든다. 그리하여 우주는 항상 젊음과 활기를 유지하는 것이다.

26 어떤 사람이 당신에게 잘못을 저지를 때에는, 먼저 그가 선악에 대한 어떤 관념을 가졌기에 그런 잘못을 저질렀는지를 생각해 보라. 그것을 깨닫게 되면 그에 대한 당신의 놀라움과 분노는 동정으로 바뀔 것이다. 왜냐하면 당신 자신도 선에 대해 그와 같거나, 그와 비슷한 관념을 가지고 있기 때문이다. 그러므로 당신은 그를 용서해야 하는 것이다. 만일 당신이 선악에 대해 그런 관념보다 높은 관념을 가지고 있다면, 당신은 그릇된 관념을 가지고 있는 사람에 대해 너그럽게 대하기가 그만큼 용이해질 것이다.

27 당신이 소유하지 않은 것을 소유하고 있는 것처럼 생각하지 말고, 당신이 소유하고 있는 것들 중에서 가장 좋은 것을 찾아보아라. 그리고 만일 당신이 그것들을 소유하지 않았더라면 얼마나 갈망했을 것인가를 상기하고 감사하게 생각하라. 그러나 그것들을 지나치게 중요시하여 그것을 잃을 경우 괴로워하는 일이 없도록 주의하라.

28 당신 내부로 눈을 돌려라. 당신을 지배하는 이성은 오로지 당신이 올바르게 행동하고, 평온을 얻으면 스스로 만족한다.

29 모든 망상을 버려라. 감정의 꼭두각시가 되지 말라. 현재에 충실하라. 당신 자신이나 혹은 다른 사람들에게 일어나고 있는 일을 충분히 인식하라. 당신의 감각이 느끼는 모든 것들을 그 원인과 본질로 구별하고 분석하라. 당신의 마지막 순간을 생각하라. 누군가 잘못을 저지르면 그 잘못은 이것을 범한 사람에게 국한시켜라.

30 상대방이 하는 말에 주의를 기울여, 무슨 일이나 결과와 원인을 잘 가려내라.

31 미덕과 악덕 사이에 있는 것들에 대해 관심을 갖지 말고, 소박함과 자중(自重) 속에서 기쁨을 찾아라. 인류를 사랑하라. 신성에 따르도록 하라. '만물은 법칙에 따른다.' 라고 어느 현자(데모크리토스를 가리킴)는 말했다. 만물은 법칙에 따른다는 사실을 기억하기만 한다면 우리에게는 그것으로 충분하다.

32 죽음에 대하여

만일 우리가 원자들의 결합체라면 죽음은 분산이며, 만일 우리가 개체라면 죽음은 소멸이나 변화일 뿐이다.

33 고통에 대하여

견딜 수 없는 고통은 우리에게 죽음을 가져다줄 것이며, 오랫동안 계속되는 고통은 참을 수 있는 것이다. 정신은 스스로를 지킴으로써 평온을 유지하며, 우리를 지배하는 이성은 고통으로 인해 손상되지는 않는다. 그러나 고통에 의해 손상된 부분(육체)은 그 고통에 대하여 각자의 의견을 토로하게 하는 것이 좋다.

34 명성에 대하여

명성을 추구하는 자들이 갈망하는 정신은 무엇이며, 그들이 혐오하는 것은 또한 어떤 것들인가를 살펴보라. 마치 모래가 먼저 있던 모래를 덮어버리듯, 인생에 있어서도 먼저 일어난 것은 나중에 일어난 것에 의해 가려진다는 것을 잊지 말라.

35 플라톤의 《대화편》에서

"위대한 영혼을 가지고, 모든 시간과 존재 전부를 포용할 수 있는 인간도 인생을 중요하게 여길까요?"

"결코 그렇지 않을 것이다."

라고 그가 대답했다.

"그렇다면 그런 사람은 죽음을 두려워할까요?"

"조금도 두려워하지 않을 것이다."

36 '선행을 하고도 비난을 받는 것은 왕의 운명이다.' (안티스테네스의 말)

※ 안티스테네스 : 소크라테스의 제자이며 견유학파의 창시자

37 겉으로는 이성이 지시하는 것에 기꺼이 고분고분 복종하는 것 같은 표정을 지으면서, 속으로는 억지로 마지못해 응하는 것은 부끄러운 일이다.

38 '사물에 대해 화를 내지 말라. 사물은 당신의 분노를 마음에 두지 않는다.' (그리스의 비극시인 에우리피데스의 말을 인용)

39 '불멸의 신들과 우리에게 기쁨을!'

40 '이삭이 무르익으면 거둬들이듯이 인생도 거둬들여야 한다. 어떤 것은 그대로 남아 있고, 또 어떤 것은 베어진다.' (에우리피데스의 말을 인용)

41 ‘만일 나와 나의 두 아들이 신들로부터 버림을 받았다면, 거기에는 그럴 만한 이유가 있는 것이다.’ (에우리피데스의 말을 인용)

42 ‘선과 정의는 모두 나의 편이다.’ (에우리피데스의 말을 인용)

43 ‘탄식하는 사람들과 함께 탄식하지 말고, 흥분하는 사람들과 함께 흥분하지 말라.’

44 플라톤의 《변명》에서

‘친구여, 만일 당신이 품위 있는 사람이라면 생사의 위험을 생각해서는 안 된다. 어떤 행위를 함에 있어서 고려해야 할 것은 오직 그 행위가 옳은가 아니면 그른가, 선한 사람처럼 행동하는가 아니면 악한 사람처럼 행동하는가, 이것만 검토해야 한다. 그렇지 않다면 당신은 잘못을 범하고 있는 것이다.’

45 플라톤의 《변명》에서

‘아테네인들이여! 자기가 스스로 택했든, 아니면 지배자의 명령에 의해 그 위치에 있게 되었든 간에, 어떤 위험을 무릅쓰고라도 자기 자리를 지켜야 하며, 비열하게 자기 위치에서 이탈하지 말고 죽음이나 그 밖의 일은 고려하지 말아야 한다고 나는 생각한다.’

46 플라톤의 《고르기아스》에서

"그러나 친구여, 고귀하고 선한 것은 자기가 남의 생명을 위험으로부터 보호하는 것과는 다르지 않을까? 적어도 진실한 인간이라면 어떻게 해서라도 삶에 매달리려는 태도를 버리고, 자신이 얼마나 오랫동안 사느냐 하는 것은 문제 삼지 말게. 생명에 집착해서는 안 되네. 그런 일은 신의 뜻에 맡겨야 하네. '자신의 숙명은 아무도 피할 수 없다.' 는 여자들의 말은 옳은 것일세. 그러므로 어떻게 하면 자신에게 할당된 삶을 가장 훌륭하게 살 수 있을까 하는 문제에 전념해야 하네."

47 마치 당신도 별들과 함께 궤도를 운행하고 있다고 생각하고 별들의 운행을 바라보라. 그리고 원소가 서로 변화하는 것을 살펴보라. 그러한 생각들은 지상 생활의 더러움을 말끔히 씻어준다.

48 '당신이 인문에 대해 말하고자 할 때에는, 높은 곳에서 아래를 내려다보듯이 사물을 바라보아야 한다.' 는 플라톤의 말은 참으로 훌륭한 말이다. 평화나 전쟁을 위한 인간들의 모임 · 군대 · 결혼 · 이혼 · 출생 · 죽음 · 법정의 소란 · 사막 · 여러 종족 · 축제 · 탄식 · 시장, 이 모든 것의 혼합과 대조를 이루는 것에 의해 형성되는 전체의 질서라는 면에서 바라보아야 한다.

49 흥하기도 하고 망하기도 했던 수많은 제국들의 변화와 함께 과거를 돌이켜보아라. 그러면 미래도 또한 예견할 수 있다. 미래는 완벽하게 과거와 똑같을 것이다. 왜냐하면 미래는 끊임없이 진행하는 창조의 행진을 멈추게 할 수는 없기 때문이다. 그러므로 인생을 40년 동안 맛보거나 4만 년 동안 맛보거나 동일한 것이다. 더 이상 무엇을 볼 수 있겠는가?

50 '흙에서 생겨난 것은 흙으로 돌아가고, 하늘의 씨앗으로부터 성장한 것은 창공으로 되돌아간다.' (에우리피데스의 말을 인용)
즉 이 말은 함께 결합되어 있는 원자들의 분해이며, 또는 감각이 없는 원소들의 분산인 것이다.

51 '음식과 술을 바치고 주문을 외우며 죽음이라는 운명의 흐름에서 벗어나려고 하는가?' (에우리피데스의 말을 인용)
'신으로부터 어떤 바람이 불어오든, 우리는 불평하지 않고 노를 저어가야 한다.'

52 그는 '시합에 있어서는 뛰어난 재능을 갖고 있음' 에 틀림없다.(프로타고라스로부터 인용) 그러나 공익을 위한 정신이나 겸손에 있어서는 그렇지 못하고, 자신의 운명에 순종하거나 혹은 그릇된 이웃의 견해에 대해서도 관대하지 못하다.

53 어떤 일을 함에 있어서, 신들과 인간에게 공통된 이성에 따라 행한다면 아무것도 두려울 것이 없다. 인간의 본성과 일치하는 올바른 활동에 의해 이익이 얻어질 수 있는 경우에는 아무런 해도 입지 않을 것이다.

54 언제 어디서나 당신이 할 수 있는 일은, 경건한 마음으로 당신에게 일어나는 일을 받아들이고, 당신이 만나는 사람들을 정의롭게 대하며, 당신이 완전히 파악하지 못한 것은 어떤 것도 당신 마음속으로 들어오지 못하도록 현재의 생각을 바로잡는 것이다.

55 다른 사람들을 지배하는 이성을 곁눈질하지 말고, 어떤 본성이 당신을 인도하고 있는가를 똑바로 응시하라. 즉 당신에게 일어나는 일들을 통해 나타나는 우주의 본성과 당신이 반드시 해야 할 일들을 통해 나타나는 당신 자신의 본성에 주의를 기울여라.

인간은 자기 자신의 본성과 일치하는 행위를 해야 한다. 왜냐하면 하등 존재들이 고등 존재들을 위해 만들어진 것과 마찬가지로, 인간의 다른 부분들은 이성적 부분을 위해 만들어졌으며, 이성적 존재들은 서로를 위해 만들어졌기 때문이다.

그러므로 인간의 본성 중 가장 중요한 것은 사회에 대한 의무이며, 두 번째로 중요한 것은 육체적 욕구를 물리치는 것이다. 왜냐하면 자신의 한계를 분명히 밝히고 감각이나 욕망에 압도되지 않는 것은 이성과 지성이 갖는 특성이기 때문이다. 감각과 욕망은 모두 동물적이지만, 지성의 활동은 우월하기를 원하며 결코 다른 것들에 압도되기를 원치 않는다. 그것은 당연하다. 왜냐하면 지성은 자연에 의해 다른 모든 것들을 이용하도록 만들어졌기 때문이다. 그리고 이성을 부여받은 존재의 본성 중 세 번째로 중요한 것은, 무분별하지 않고 기만적이지 않다는 것이다. 당신을 지배하는 이성으로 하여금 이 세 가지 원칙을 굳게 지켜 바른길을 걸어가게 하라. 그러면 당신의 이성은 자신의 본분을 다하는 것이다.

56 당신은 마치 이미 죽은 사람같이, 현재의 순간이 당신 생애의 끝인 것처럼 생각하라. 그리고 지금부터는 자연에 따라 남은 생애를 살아가라.

57 당신에게 나타나는 일만, 운명의 신이 당신에게 짜주는 일만을 사랑하라. 당신에게 그것보다 더 적합한 것이 있겠는가?

58 어떤 곤경에 처했을 때는, 그와 같은 곤경을 당해 화를 내고 놀라고 비난했던 사람들을 상기하라. 그들은 지금 어디에 있는가? 아무 데도 없다. 그런데 어찌하여 당신은 그들이 했던 것과 똑같이 하려 하는가? 다른 사람들의 태도는 그들을 지배하는 그들의 이성에게 맡겨라. 그리고 이러한 곤경들을 어떻게 이겨낼 것

인지에 대해 생각하라. 그러면 당신은 이런 곤경에서 빠져나올 수 있을 것이며, 또한 이런 곤경들은 당신의 수양을 위한 활동에 좋은 소재가 될 것이다. 행동을 함에 있어서 모든 행동이 당신 자신에 대해 정당하도록 주의를 기울이고, 또 그렇게 되기를 염원하라. 그리고 중요한 것은 당신의 행위를 유발시킨 환경이 아니라 당신의 행위라는 사실을 명심하라.

59 당신의 내부로 파고 들어가라. 그곳에는 선(善)의 샘이 있다. 끊임없이 파고 들어가라. 그러면 그 샘은 끊임없이 솟아오를 것이다.

60 당신의 육체는 강건해야 하며 몸가짐 또한 흐트러져서는 안 된다. 그리하여 행동을 할 때나 휴식을 취할 때도 반듯해야 한다. 정신이 지혜롭고 기품이 있을 때에는 얼굴에 그대로 나타나듯이, 육체의 경우에 있어서도 이와 같은 자제(自制)가 요구되는 것이다. 그러나 이러한 모든 것은 아무런 허식도 없이 행해져야 한다.

61 처세술은 무용보다는 씨름과 비슷하다. 왜냐하면 인생에서도 예기치 않은 공격에 대한 굳건하고도 조심스러운 자세를 요구하기 때문이다.

62 당신이 어떤 사람들에게 인정받기를 원한다면 그들이 어떤 사람들인가를 항상 생각하라. 그들의 의견과 욕구의 근원을 살펴보라. 그러면 그들로부터 어떤 불쾌한 모욕을 당해도 그들을 비난하지 않을 것이며, 그들로부터 인정받고 싶다는 생각도 하지 않게 될 것이다.

63 '모든 영혼은 알지 못하는 사이에 진리를 빼앗긴다.'(플라톤의 말)고 한다. 이와 마찬가지로 정의나 절제, 친절함이나 그 밖의 덕에 대해서도 같은 말을 할 수 있다. 이 말을 항상 기억하라. 그러면 당신은 모든 사람들을 보다 온화하게 대할 수 있게 될 것이다.

64 고통을 당할 때에는, 고통을 당하는 것은 부끄러운 일이 아니며 당신을 지배하는 이성을 해치는 것도 아니라는 것을 명심하라. 왜냐하면 당신을 지배하는 이성은 그것이 이성적이고 사회적인 한, 결코 고통에 의해 손상되지 않기 때문이다.

그리고 대단히 큰 고통을 느낄 때에는 '고통에는 한계가 있다. 고통을 과장하지 않는 한 참을 수 없는 고통은 없으며, 또한 영원히 계속되는 고통도 없다.' 라는 에피쿠로스의 말을 상기하면 도움이 될 것이다. 또한 우리를 불쾌하게 하는 많은 일들, 예컨대 졸음이나 더위, 식욕이 없다든지 하는 것도 고통의 일종이며 단지 우리는 이런 사실을 모르고 있을 뿐이라는 것을 기억하라. 따라서 미처 깨닫지 못한 이런 일로 인해 불쾌해졌을 때에는 당신 자신에게 이렇게 말하라. '당신은 고통에 굴복하고 있다.' 라고.

65 비인간적인 사람들이 다른 사람들을 대하는 마음가짐을, 당신은 비인간적인 사람들에게 품지 말라.

66 텔라우게스가 소크라테스보다 훌륭하지 못했다는 것을 우리는 어떻게 아는가? 소크라테스가 보다 영예롭게 죽었다든지, 소피스트(궤변론자)들과 보다 논쟁을 잘했다든지, 살을 에는 듯한 추운 밤에도 태연히 밤을 새웠다든지, 살라미스 사람인 레온을 체포하라는 명령을 용감하게 거부했다든지, 위풍당당하게 거리를 활보했다든지 하는 것—만일 이것이 사실이라면, 이런 일은 크게 주목할 만한 일이기는 하지만—만으로는 충분치 않다.

우리가 고려해야 할 것은 소크라테스가 어떤 영혼을 소유하고 있었는가 하는 점이다. 즉 그가 사람들에 대한 정의나 신들에 대한 경건함 속에서 만족을 느낄 수 있었는지, 다른 사람들의 악의에 대해 화를 내거나 다른 사람들의 무지에 굴복하지 않는 것에서 만족을 느낄 수 있었는지, 자기에게 할당된 운명의 어느 부분을 부당한 것으로 받아들이거나 견디기 어려운 짐으로 여기지 않았는지, 그의 이성이 육체의 고통에 의해 영향을 받았는지를 검토해야 하는 것이다.

67 자연은 당신이 자신의 한계를 분간하지 못하고 스스로 자기 일을 처리할 수 없을 만큼 지성과 물체를 혼합시키지는 않았다. 항상 이 사실을 기억하라. 그리고 행복한 삶은 소수의 몇 가지 것들에 달려 있다는 것도 명심하라. 당신이 논리학자나 물리학자가 되지 못했다고 해서, 그것 때문에 자유롭고 겸손하며, 사회에 봉사하고 신에게 순종하는 인간이 되고자 하는 희망을 포기해서는 안 된다. 인간이 신으로 인식되지는 않겠지만 신과 같은 존재가 된다는 것은 충분히 가능한 일이다.

68 비록 모든 사람들이 당신에게 욕설을 퍼붓고, 설사 맹수들이 당신의 육체를 갈기갈기 찢는다 하더라도, 당신은 강요로부터 벗어나 평온함 속에서 꿋꿋하게 생애를 보내라. 이와 같은 역경 속에서도 당신의 마음이 평온을 유지하고, 올바른 판단을 하며, 당신이 만나게 되는 대상을 항상 잘 이용하는 마음가짐을 갖는다면 무슨 지장이 있겠는가? 그러므로 당신의 판단력은 당신이 처해 있는 환경을 향해 '일반 사람들의 견해가 어떤 색깔로 나를 채색할지라도 나의 참모습은 이것이다.' 라고 말할 수 있을 것이다.

그리고 사물을 이용하는 능력은, 자기에게 일어난 일들에 대해 다음과 같이 말할 수 있을 것이다. '나는 너를 찾고 있었다. 왜냐하면 현재 내게 당면한 모든 일은 항상 이성적이고 사회적인 덕을 발휘하기 위한 좋은 재료, 즉 인간의 과업과 신의 역사(役事)에 꼭 필요한 좋은 재료라고 생각하기 때문이다.' 실제로 세상에서 일어나는 모든 일들은 인간 또는 신들과 관계가 깊으며, 낯설고 다루기 어려운 것도 아니며 친숙하여 처리하기 쉬운 것이다.

69 하루하루를 마지막 날인 것처럼 생각하고, 동요되거나 무기력해지지 않고, 위선을 행하지 않는 것! 이것이 바로 완전한 인격의 특징이다.

70 영원히 죽지 않는 신들은 끊임없이 이어지는 수많은 열등한 인간들과 그들의 악행을 참고 견디어야 한다는 것에 대해 화를 내지 않는다. 오히려 신들은 온갖 방법으로 인간들을 보살펴준다. 그런데 순간적인 존재인 당신은 인간들에게 왜 화를 내는가? 더구나 당신 자신도 열등한 인간들 중의 하나가 아닌가?

71 인간은 자신의 악은 보지 못하고 남의 악만 피하려고 한다. 자기 자신의 악은 피할 수 있지만, 남의 악은 피할 수 없는데도 말이다. 이 얼마나 우스꽝스러운 일인가?

72 우리의 이성적이고 사회적인 능력이 반이성적 혹은 반사회적인 것이라고 한다면, 그것은 저열한 것이라고 판단할 수 있는 충분한 근거가 있다.

73 당신이 선한 일을 하고, 또 다른 사람이 당신의 선행으로 인해 혜택을 받았을 때, 어찌하여 당신은 어리석은 사람처럼 선행 이외의 것을 요구하며, 선행에 대한 찬사나 그에 대한 보답을 받고자 하는가.

74 이익을 얻는 것에 싫증을 느끼는 사람은 아무도 없다. 그런데 자연에 따라 행동하는 것이야말로 이익을 얻는 일인 것이다. 그러므로 다른 사람들에게 이익을 줌으로써 자신의 이익을 얻는데 싫증을 느끼지 말라.

75 우주적 자연의 충동은 질서정연한 세계를 창조하는 것이었다. 그러므로 지금 일어나고 있는 모든 것은 논리적으로 질서정연하게 일어나고 있음에 틀림없다. 만일 그렇지 않다면, 우주적 자연의 충동이 지향하고 있는 중요한 사건조차도 이성적 원리의 지배를 받지 않을 것이다. 이 사실을 기억하면 당신은 많은 것들을 보다 평온한 마음으로 대할 수 있을 것이다.

제 8 장
선과 악에 대하여

1 당신의 모든 인생을, 아니 적어도 당신이 어른이 된 이후의 인생을 철학자로서 살아오지 않았다는 것은, 당신이 허영심을 버리는데 도움이 될 것이다. 다른 많은 사람들과 마찬가지로 당신도 철학으로부터 멀리 떨어져 있다는 것은 분명하다. 당신은 이미 세속에 물들어 철학자로서의 명성을 얻기가 점점 더 어려워지고 있다. 인생에 있어서 당신의 위치가 끊임없이 그것을 방해하고 있기 때문이다.

그러므로 만일 당신이 이러한 상황을 진정으로 깨닫는다면 미래의 명성에 대한 집착을 버리고, 당신의 남은 생이 길든 짧든 당신의 본성이 원하는 대로 살 수 있다면 그것으로 만족하라. 그러므로 당신의 본성이 무엇을 원하는지를 잘 생각해 보고, 그 이외의 것들로 인해 마음을 혼란시키지 말라. 이제까지 당신은 훌륭한 삶을 찾아 얼마나 많은 길을 헤매어 왔는가. 그럼에도 불구하고 당신은 아무 데서도 훌륭한 삶을 발견하지 못했다. 당신이 경험을 통해 알고 있듯이 훌륭한 삶은 이론 속에도 없고, 부 속에도 없으며, 명성 속에도 없고, 쾌락 속에도 없다. 그 어떤 곳에도 없다. 그렇다면 훌륭한 삶은 어디서 발견할 수 있을까? 그것은 인간의 본성이 원하는 바를 행하는 데 있다.

그러면 본성이 원하는 것을 어떻게 하면 행할 수 있는가? 그것은 인간의 욕망과 행위를 지배하는 원칙을 굳게 지킴으로써 가능하다. 그렇다면 어떤 원칙을 굳게 지켜야 하는가? 이는 선과 악에 관한 것으로, 인간을 올바르고 온화하며 용감하고 자유롭게 만드는 것은 모두 선이며, 이와 반대되는 것은 악이라는 원칙이다.

2 모든 행위를 함에 있어서 당신 자신에 물어보라. '이것은 내게 어떤 영향을 주는가? 나는 그것을 후회하지 않을 것인가?' 라고. 조만간 나는 죽을 것이며, 그러면 모든 것이 사라져버릴 것이다. 만일 이 행위가 신과 동일한 법칙의 지배를 받는 이성적이고 사회적인 존재에 어울리는 행위라면 더 이상 무엇을 바라겠는가?

3 알렉산더, 가이우스, 폼페이우스 등은 디오게네스, 헤라클레이토스, 소크라테스에 비하면 얼마나 초라한가? 후자의 사람들은 사물의 본질, 즉 사물의 원인과 사물이 무엇으로 이루어져 있는가를 알고 있었으며, 그들의 지배적인 원리는(이성) 그들 자신의 것이었다. 그러나 전자의 사람들은 얼마나 많은 사물을 소유했으며, 따라서 그만큼 얼마나 많은 것에 사로잡혀 있었는가?

4 가령 당신이 분노로 인해 당신의 심장을 찢는다 하더라도, 세상 사람들은 조금도 아랑곳하지 않고 전과 다름없이 똑같은 일을 계속할 것이다.

5 무엇보다도 먼저 평온한 마음을 유지하라. 왜냐하면 모든 것은 자연의 법칙에 따르며, 머지않아 당신은 하드리아누스와 아우구스투스처럼 무로 사라져버릴 것이기 때문이다.

다음으로는 자기가 하는 일을 자세히 살피고 그 본질을 주시하라. 그리고 당신은 선한 사람이 되어야 한다는 것을 상기하고 인간의 본성이 원하는 것을 바로 행하라. 그리고 당신이 가장 정의롭다고 생각하는 것을 선의에서 신중하고 진실하게 말하라.

6 우주의 본성이 하는 일은 사물들을 한 장소에서 다른 장소로 옮기고, 그 사물들을 변화시키며, 다시 그 사물들을 다른 장소로 옮기는 것이다. 모든 장소에 변화가 있으며 만물은 변화하고 있다. 그러나 새로운 것에 마주치지는 않을까 염려할 필요는 없다. 왜냐하면 만물은 오랫동안의 관습에 의해 지배되고 있으며, 심지어 그 분배도 마찬가지이기 때문이다.

7 만물의 본성은 각기 자신의 올바른 길을 걸어갈 때 만족을 느낀다. 이성을 부여받은 존재의 본성이 올바른 길을 걸어간다는

것은, 거짓된 것이나 모호한 것에는 응하지 않고 오로지 공익을 위한 일에만 반응을 보이며, 자신의 능력 안에서만 욕망과 혐오를 나타내며, 자연이 할당해 주는 모든 것을 기꺼이 받아들이는 것을 의미한다. 왜냐하면 나뭇잎의 본성이 나무의 본성의 일부인 것처럼, 그의 본성은 우주의 본성의 일부이기 때문이다.

그런데 나뭇잎의 본성은 지각도 없고 이성도 없어 외부에 의해 방해받을 수 있는 본성이지만, 인간의 본성은 외부에 방해받지 않고 지성적이며 정의로운 본성이라는 점이 다를 뿐이다. 왜냐하면 자연은 모든 사물에게 평등하게, 각자에게 알맞은 시간과 존재와 원인과 활동과 환경을 나누어주기 때문이다. 그러나 다만 사물들을 개별적으로 비교하여 모든 면에서 동등한지를 보려 하지 말고 전체적으로, 즉 한 사람에게 주어진 모든 것의 합이 다른 사람에게 주어진 모든 것의 합과 같은가를 비교해서 검토해 보아야 한다.

8 당신이 학자가 된다는 것은 불가능한 일이다. 그러나 오만함을 멀리하고 쾌락과 고통을 초월하며 명예욕에서 벗어나는 것은 가능한 일이다. 어리석거나 감사할 줄 모르는 자들에게 화를 내지 않고, 심지어 그들을 보살펴주는 것은 당신에게 가능한 일이다.

9 당신이 궁전 생활을 불평하는 소리는 더 이상 아무도 듣지 못하도록 하라. 심지어 당신 자신까지도 듣지 못하도록 하라.

10 후회란 유익한 어떤 것을 놓쳐버린 데 대한 자책이다. 선한 것은 항상 유익한 것으로서 덕이 있는 사람이 추구하는 것이다. 덕이 있는 사람은 어떤 쾌락을 놓쳤다고 해서 결코 후회하지는 않을 것이다. 그러므로 쾌락은 선한 것도 유익한 것도 아니다.

11 이 사물의 본성, 즉 그 본질은 무엇인가? 그 실체와 바탕은 무엇인가? 이 세상에서 어떤 일을 하고 있는가? 그리고 이것은 얼마나 오래 존재할 것인가?

12 잠자리에서 일어나기 힘들 때에는, 사회에 도움이 되는 일을 하는 것은 당신의 본질과 인간으로서의 본성에 적합한 일이지만, 잠은 이성이 없는 동물에게도 공통으로 부여되었다는 사실을 상기하라. 각자의 본성에 적합한 것은 무엇보다도 참된 것이고 그에게 어울리는 것이며, 따라서 무엇보다도 즐거운 것이다.

13 가능한 한 끊임없이 모든 당신 생각의 본질을 밝히고, 각각의 생각이 당신에게 미치는 영향을 생각하며, 그것들을 이성적으로 판단하라.

14 당신이 누구를 만나게 되건 즉시 당신 자신에게, '이 사람은 선악에 대해서 어떠한 견해를 갖고 있는가?' 라고 자문하라.

왜냐하면 만일 그가 쾌락, 고통과 그 원인, 명예와 불명예, 삶과 죽음에 대해서 이러이러한 견해를 갖고 있다는 사실을 안다면, 그가 이러이러한 행위를 하더라도 나는 놀라거나 조금도 이상하게 생각하지 않을 것이기 때문이다. 그리고 나는 그가 그런 식으로 행동할 수밖에 없다는 것을 기억할 것이기 때문이다.

15 무화과나무가 무화과 열매를 맺는 것을 보고 놀라는 것이 부끄러운 일이듯이, 우주가 당연히 맺어야 할 열매를 맺는 것을 보고 놀라는 것은 부끄러운 일임을 명심하라. 의사가 환자에게 열이 있음을 보고 놀라거나, 선장이 역풍이 부는 것을 보고 놀란다면 그것은 부끄러운 일이다.

16 당신의 의견을 바꿔주고 당신의 잘못을 시정해 주는 사람을 따르는 것 또한 자유로운 사람의 특성임을 명심하라. 왜냐하면 당신의 욕구와 판단에 따라, 특히 당신의 이성에 따라 행한 행동은 당신 자신의 것이기 때문이다.

17 만일 그 일이 당신 능력 안에 있는 것이라면, 어찌하여 당신은 그것을 행하지 않는가? 만일 그 일이 당신 능력 밖에 있는 것이라면 당신은 누구를 책망할 것인가, 원소들(우연)인가 아니면 신들인가? 그 어느 쪽을 책망한다 하더라도 그것은 어리석은 짓이

다. 당신은 아무도 책망해서는 안 된다. 가능하다면 그 원인이 되는 것을 바로잡아라. 그렇게 할 수 없다면 잘못한 일 그 자체를 바로잡아라. 그것마저도 할 수 없다면 책망하는 것이 무슨 소용이 있겠는가? 아무런 목적도 없이 일어나는 일은 없기 때문이다.

18 죽는다고 해서 우주 밖으로 떨어지는 것은 아니다. 죽는 것은 여기에 그대로 머물러 있는 것이다. 그리하여 이곳에서 변화하여 몇 종류의 원소들, 즉 우주와 당신 자신을 형성하는 원소들로 돌아가는 것이다. 이 원소들도 마찬가지로 변화한다. 그러나 그들은 아무런 불평도 하지 않는다.

19 만물은—말이든 포도나무든—어떤 목적을 위해 생겨난 것이다. 어찌하여 당신은 이 말을 듣고 놀라는가? 태양조차도 '나는 어떤 목적을 위해 태어났다.' 고 말할 것이며, 다른 신들도 또한 그렇게 말할 것이다. 그런데 당신은 무슨 목적으로 태어났는가? 쾌락을 위해서인가? 그러한 생각이 허용될 수 있는지 신중하게 생각해 보아라.

20 모든 사물의 생성과 존속뿐만 아니라 종말 또한 자연의 목적이다. 그것은 마치 공을 던지는 것과 같다. 공의 입장에서 볼 때 위로 던져졌다고 해서 바람직한 일이며, 아래로 떨어진다고 해

서 바람직하지 않은 일이라고 할 수 있겠는가? 또 물방울이 형성되는 것이 좋은 일이며, 물방울이 없어지는 것이 나쁜 일이라고 할 수 있겠는가? 생명의 빛에 대해서도 이와 똑같은 말을 할 수 있을 것이다.

21 육체를 모든 면에서 살펴보고 실상을 관찰하라. 늙었을 때는 어떻게 되고, 병들었을 때는 어떻게 되며, 숨을 거둘 때는 어떻게 되는지를 살펴보라.

인생은 짧다. 칭찬하는 자나 칭찬받는 자, 기억하는 자나 기억되는 자 모두 잠시 이 세상에 머물 뿐이다. 더구나 이러한 일들 모두가 이 지구의 극히 조그마한 한 모퉁이에서 일어나고 있다. 그럼에도 불구하고 그들이 서로 같은 의견을 갖는다는 것은 불가능하며, 심지어 자기 자신도 한결같지 못하다. 이 지구 자체가 우주 속의 한 점에 불과하지 않은가?

22 당신의 눈앞에 닥친 문제를 직시하라. 그것이 의견이든, 행동이든, 원칙이든, 상대방의 말이든. 당신이 문제에 당면한 것은 당연한 일이다. 왜냐하면 당신은 오늘 선하게 살기보다 내일 선하게 살려고 하기 때문이다.

23 내가 어떤 일을 하든, 나는 나의 행위를 인류의 이익과 관련짓는다. 내게 무슨 일이 닥치든 나는 그 일을 받아들이고 그 일을 신들과 관련지으며, 모든 것을 서로 밀접하게 연결시키는 우주적 근원과 관련시키고 있다.

24 목욕이라는 말을 들을 때 당신은 무슨 생각이 떠오르는가? 기름, 땀, 먼지, 더러운 물 등 구역질나는 것들이 떠오를 것이다. 인생의 각 부분이나 만물의 각 부분도 그러하다.

25 루킬라는 베루스를 매장했고, 그 후 자신도 매장되었다. 그리고 세쿤다(막시무스의 아내)는 막시무스를 매장했고, 그 후 자신도 매장되었다. 그리고 에피틴카누스는 디오티무스를 매장했고, 그 자신도 매장되었으며, 안토니누스 피우스는 파우스티나(안토니누스 피우스의 아내)를 매장했고, 그 자신도 또한 매장되었다. 언제나 같은 일들이 일어나고 있다. 켈케르는 하드리아누스를 매장했고, 그 후 자신도 매장되었다.

예전의 현명했던 사람들, 예언 능력이 있던 사람들, 오만했던 사람들은 지금 어디 있는가? 하루살이와 같은 이 모든 사람들은 이미 오래 전에 죽었다. 어떤 사람은 죽자마자 사람들의 기억 속에서 사라졌고, 어떤 사람은 전설 속의 주인공이 되었으며, 또 어떤 사람은 그 전설 속에서조차 사라져버렸다. 그러므로 당신이라는 조그마한 화합물도 곧 분해되어버리거나, 호흡이 끊겨 다른 장소에 놓이게 되는 것이 당신의 운명임을 기억하라.

26 인간의 참된 기쁨은 인간으로서 마땅히 해야 할 일을 하는 것이다. 인간으로서 마땅히 해야 할 일이란 사람들에게 친절을 베풀고, 감각적 충동을 경멸하며, 겉모습과 참모습을 올바르게 판단하고, 우주의 본질과 그에 따라 일어나는 모든 일들을 깊이 생각하는 것이다.

27 인간과 다른 사물들 사이에는 세 가지 관계가 있다. 첫째는 인간을 감싸고 있는 육체와의 관계이고, 둘째는 만인에게 일어나는 모든 일의 원인과의 관계이며, 셋째는 주변 사람들과의 관계이다.

28 고통은 육체에 대한 악이거나, 아니면 영혼에 대한 악이다. 고통이 육체에 대한 악이라면 육체로 하여금 그렇게 말하게 하라. 그러나 영혼은 결코 고통을 악으로 여기지 않으며 항상 태연할 수 있는 능력이 있다. 왜냐하면 모든 판단과 충동, 욕망, 혐오는 영혼의 내부로부터 시작되며, 어떠한 악도 이 영혼 속으로 침투해 들어갈 수 없기 때문이다.

29 '이제 나는 내 힘으로 나의 영혼에 어떠한 악이나 격정, 혼란도 존재하지 않게 할 수 있다. 나는 모든 사물의 참모습을 바라보고 사물의 가치에 따라 모든 사물을 대한다.' 라고 끊임없이 당신 자신에게 말함으로써, 당신의 모든 환상을 제거하라. 자연은 당신에게 그렇게 할 수 있는 능력을 부여했다는 것을 잊지 말라.

30 개인적인 대화를 나눌 때에는 물론이고 원로원에서 회의를 할 때에도 현학적인 말투로 이야기하지 말라. 대신 적당한 품위를 지키며 평범한 언어를 사용하여 이야기하라.

31 아우구스투스 황제의 궁전을 생각해 보라. 그의 아내, 딸, 손자들, 조상들, 자매, 아그리파, 친척들, 신하들, 친구들, 아레이우스, 마에케나스, 의사, 사제 등 이들 모두가 죽어버렸다.

또한 다른 예에 눈을 돌려보라. 한 인간의 죽음이 아니라 폼페이우스의 경우와 같이 일족 전체의 죽음을 상기하면서 다른 사람들의 운명을 생각해 보자. 그리고 묘비에 새겨져 있는 '가문의 마지막 인물' 이라는 묘비명을 생각해 보라. 그의 조상들은 한 사람의 후계자를 남기기 위해 무던히 애를 썼을 것이다. 그러나 결국 그는 그 가문의 마지막 인물이 될 수밖에 없었던 것이다. 여기에도 어떤 가문 전체의 죽음이 있는 것이다.

32 완전한 인생을 설계해 나가려면, 행동 하나하나부터 시작하게 된다. 그리고 각각의 행동이 가능한 범위 내에서 최대한 그 목적을 달성한다면 그것으로 만족하라. 각자의 행동이 그 목적을 달성하는 것을 방해하는 자는 없다. 그런데 어떤 외부적인 장애물이 방해하지는 않을까? 그러나 당신이 정당하고 건전하며 이성적으로 행동한다면 그것을 방해할 수 있는 것은 아무것도 없다. 그렇다면 어떤 다른 형태의 행동이 방해한다면? 그때에는 그 장애물을 기꺼이 인정하고, 가능한 다른 행동으로 눈을 돌려라. 그러면 우리가 이야기하고 있는 당신의 완전한 인생을 설계하는데 합당한 다른 행위를 발견하고, 그것을 수행할 수 있을 것이다.

33 자만하지 말고 부나 영화를 겸허하게 받아들이고, 미련 없이 양보하라.

34 당신은 신체의 일부가 육체에서 떨어져 나가는 것을 본 일이 있을 것이다. 자신의 운명을 받아들이려 하지 않고, 자신을 다른 사람들로부터 격리시키거나 혹은 비사회적인 행동을 하며, 이기적인 목적만을 위해 행동함으로써 가능한 한 자기 자신을 왜소하게 만드는 사람은 자기 자신에게 그와 같은 짓을 저지르는 것이다. 당신은 자연의 통일성에서 벗어났다. 당신은 자연의 일부로

태어났는데 당신 스스로 자연과 인연을 끊은 것이다.

그러나 아직도 당신에게는 자연이라는 통일체와 다시 결합시킬 수 있는 능력이 있어서 자연으로 되돌아갈 수 있다. 신은 인간 외의 다른 것들에게는 일단 절단된 것을 재결합시킬 수 있는 능력을 허용하지 않았다.

신이 인간에게 베푼 은혜를 생각해 보라. 신은 인간에게 자연으로부터 떨어져나가지 않을 수 있는 능력을 주셨을 뿐만 아니라, 떨어져나간 후에도 자연 속으로 환원되어 그 일부로서의 위치를 되찾을 수 있는 능력도 주셨다.

35 우주의 본성은 모든 이성적 존재에게 여러 가지 능력을 부여하면서, 다음과 같은 능력도 부여해 주었다. 우주의 본성이 자신을 방해하는 모든 장애물을, 운명의 질서 속에 정리하고 자신의 목적에 맞도록 전환시켜 자신의 일부로 만들 듯이, 이성적 존재도 모든 장애물을 자신을 위한 재료로 전환시켜 자신의 본래 목적을 위해 그 장애물들을 이용할 수 있는 능력을 주었다.

36 당신의 온 생애를 생각하고, 그 환상으로 괴로워하지 말라. 당신에게 어떠한 불행이 닥칠 것인지를 상상하지 말라. 그보다는 현재 어떤 일이 닥치면 '이 일에서 견디기 힘든 점은 무엇인가?' 라고 당신 자신에게 물어보라. 당신은 이러이러한 것이 견디

기 어렵다고 스스로 인정하게 되면 부끄러움을 누르기 어려울 것이다.

다음으로 당신은 미래나 과거가 아니라 항상 현재가 자신에게 무거운 짐이 된다는 점을 명심하라. 그러나 만일 당신이 현재의 짐을 다른 것과 연관시키지 않고 엄격하게 그 자체만을 따로 떼어서 생각해 보면 이 짐은 작게 보일 것이다. 그리고 그렇게 하찮은 일을 견디지 못할 경우에 자신을 크게 꾸짖는다면, 현재의 짐은 한결 가벼워질 것이다.

37 판테이아나 페르가무스는 지금도 그 주인인 베루스의 무덤 앞에 꿇어앉아 있을까? 카브리아스나 디오티무스는 지금 하드리아누스의 무덤 앞에 꿇어앉아 있을까? 얼마나 우스꽝스러운 이야기인가! 설사 그들이 무덤 앞에 꿇어앉아 있는다 하더라도 죽은 자들이 그것을 알겠는가? 설사 죽은 자들이 그것을 안다 하더라도 그들이 기뻐하겠는가? 만일 그들이 기뻐한다 하더라도 그들의 죽음을 슬퍼하는 자들이 영원히 생존하겠는가? 그들도 또한 늙어 마침내 죽을 운명이 아닌가. 슬퍼하는 자들이 죽고 나면, 애도를 받던 죽은 자는 어떻게 하겠는가? 모두가 부질없고 하찮은 일이다.

38 현자 크리토의 말 중에 '만일 당신이 볼 수 있는 눈을 가지고 있다면 보라.' 라는 말이 있다.

39 나는 이성적 존재의 성품 속에서 정의에 반대되는 덕을 발견하지 못했다. 그러나 쾌락에 반대되는 덕은 발견하였다. 그것은 절제이다.

40 고통을 받고 있다고 생각되는 것에 대한 당신의 의견을 비려라. 그러면 당신은 절대로 안전하다. 당신은 말한다. '나의 자아! 그것은 무엇인가?' 라고. 그것은 이성이다. 당신은 말할 것이다. '그러나 나는 이성적인 존재이기만 한 것은 아니다.' 라고. 그렇다. 그러므로 당신의 이성이 스스로를 해치지 못하게 하라. 만일 당신의 다른 부분(육체)이 고통을 당하고 있다면, 그 부분으로 하여금 스스로에 대한 의견을 찾게 하라.

41 동물적 존재에게는 감각의 장애는 악이며, 욕망의 장애 또한 악이다. 식물적 존재에게 있어서도 그 나름대로의 악인 장애가 있다. 마찬가지로 정신적 존재에게도 정신의 장애는 악인 것이다.

이 모든 것을 당신 자신에게 적용시켜라. 당신의 마음을 흔드는 것은 무엇인가? 고통인가, 쾌락인가? 감각의 인식은 그것에 대해서 모든 주의를 기울일 것이다. 당신의 욕망에 장애가 있는가? 만일 당신이 무턱대고 욕망에 따른다면 그 장애는 이성적 존재인 당신에게는 분명히 악일 것이다. 그러나 만일 당신이 우주적 필연성을 받아들인다면, 당신은 아무런 피해도 받지 않을 것이며 아무런 장애도 받지 않을 것이다. 정신 고유의 활동은 어느 누구에 의해서도 방해를 받지 않으며 불도, 칼도, 억압도, 욕설도, 그 밖의 어떤 것도 정신의 활동을 방해할 수 없다. 이성은 '일단 구(球)의 형태가 되면 언제나 구의 형태로 있다.' (엠페도클레스의 말)

42 나는 나 자신에게 고통을 줄 이유가 없다. 왜냐하면 나는 이제까지 의도적으로 남에게 고통을 준 적이 없기 때문이다.

43 사람들은 각기 다른 것에서 기쁨을 느낀다. 그러나 나는 지배하는 이성이 건전하여 어느 누구도 멀리하지 않고, 나에게 일어나는 모든 일을 피하지 않으며, 모든 것을 선의의 눈으로 바라보고, 모든 것을 반갑게 받아들이며, 모든 것을 각각의 가치에 따라 활용하는 데 기쁨을 느낀다.

44 오늘에 최선을 다하라. 사후의 명성을 목표로 삼는 자들은 후세의 사람들도 또한 그들이 지금 혐오하고 있는 사람들과 똑같은 사람들이며, 그들도 역시 죽게 될 것이라는 사실을 생각하지 못하는 자들이다. 후세의 사람들이 당신에 대해 무슨 말을 하든, 당신에 대해 어떻게 생각하든 그것이 당신에게 무슨 상관이 있겠는가?

45 나를 들어서 어디든 당신이 던지고 싶은 곳으로 내던져 보라. 나는 그곳에서도 나의 신성을 평정하게 유지할 것이다. 평정이란 자기가 자기의 고유한 본질에 적합한 태도와 행동을 하는 한 그것으로 만족하는 것을 의미한다.

내던져졌다고 해서 나의 영혼이 괴로움을 당하고, 비천해지고, 나빠지고, 욕망을 품고, 굴레가 씌워지고, 놀란다면 나의 영혼이 무슨 가치가 있겠는가? 그런 영혼 속에서 그 어떤 중대한 가치를 발견할 수 있겠는가?

46 인간에게는 인간의 본성에 어울리지 않는 일은 결코 일어날 수 없다. 황소에게는 황소의 본성에 어울리지 않는 일은 일어날 수 없으며, 포도나무에게는 포도나무의 본성에 어울리지 않는 일은 일어날 수 없고, 돌에게는 돌의 본성에 어울리지 않는 일은 결코 일어날 수 없는 것이다. 이처럼 각각에게 일어나는 일은 일상적이고 자연스러운 것임에도 불구하고 어찌하여 당신은 불평을 하는가? 위의 것들의 본성인 동시에 당신의 본성이기도 한 자연은, 당신이 견딜 수 없는 것은 결코 당신에게 일어나게 하지 않는다.

47 만일 당신이 외부의 어떤 것에 의해 괴로움을 당하고 있다면, 당신을 괴롭히는 것은 사물 그 자체가 아니라 그 사물에 대한 당신의 생각인 것이다. 그런데 당신의 생각을 즉시 제거하는

일은 당신의 능력에 달려 있다.

그리고 당신의 괴로움이 당신 자신의 마음가짐에 의한 것이라면, 당신이 당신의 견해를 바로잡는 것을 누가 막을 수 있겠는가? 만일 당신이 옳다고 믿는 것을 행하지 않기 때문에 괴로움을 당하고 있는 것이라면, 어찌하여 그것을 행하지 않고 괴로워하는가? '너무나 큰 장애물이 가로막고 있기 때문이다.' 라고 당신은 말하는가? 그렇다면 괴로워하지 말라. 왜냐하면 당신이 그것을 행하지 않는 것은 당신의 책임이 아니기 때문이다. '그러나 그것이 행해지지 않으면 인생은 살아갈 가치가 없다.' 라고 당신은 말하는가? 그렇다면 자기가 하고 싶은 일을 하고 죽는 사람답게, 장애물들에 대해서 화를 내지 말고 만족스러운 마음으로 세상을 떠나라.

48 만일 당신을 지배하는 이성이 침착하게 자신에게 만족하고, 자신의 의지에 어긋나는 행위를 하려 하지 않는다면 당신의 이성은 난공불락일 것이다. 하물며 당신 이성의 판단이 비합리적인 것일 경우에도 그러할진대, 합리적이고도 현명한 것일 경우에는 더욱 그러하지 않겠는가? 그러므로 격정으로부터 벗어난 이성은 하나의 성벽과도 같이 견고하며, 자기 자신을 안전하게 지킬 수 있는 가장 안전한 피난처인 것이다. 이 사실을 깨닫지 못하는 자는 어리석은 자이며, 이 사실을 알고 있으면서도 그곳으로 피신하지 않는 자는 불행한 자이다.

49 당신의 최초의 지각이 당신에게 보고하는 것 이상의 것을 마음에 담아두지 말라. 어떤 사람이 당신을 비방한다는 말을 들었다고 하자. 그것은 전해들은 말에 지나지 않는다. 그러나 그가 전한 말에는 당신이 이 비방 때문에 해를 입었다고 한 것은 아니다. 나는 나의 어린 자식이 앓고 있는 것을 보고 있다. 나의 눈은 나의 어린 자식이 앓고 있다는 것을 본 것일 뿐, 그의 생명이 위독하다고 한 것은 아니다.

그러므로 항상 최초의 지각을 벗어나지 말고 최초의 지각에 당신의 생각을 덧붙이지 말라. 그러면 당신은 아무런 영향도 받지 않을 것이다. 덧붙이려거든 우주 안에서 일어나는 모든 일을 이해하는 자로서의 당신 자신의 생각을 덧붙이도록 하라.

50 당신이 가지고 있는 오이가 쓴가? 그렇다면 버려라. 당신이 가는 길 위에 가시덤불이 가로놓여 있는가? 그렇다면 그 가시덤불을 비켜가라. 그렇게 하기만 하면 되는 것이다. '세상에는 왜 그런 것들이 존재하는가?' 라고 불평하지 말라. 만일 그런 불평을 한다면 자연을 탐구하는 사람들로부터 비웃음을 살 것이다. 그것은 목수나 제화공의 작업장에 대팻밥이나 가죽 조각들이 있다고 비난하다가 그들로부터 비웃음을 사게 되는 것과 마찬가지이다. 그러나 그들에게는 대팻밥이나 가죽 조각들을 버릴 장소가 있

지만, 자연은 자기 이외에 아무것도 갖고 있지 않기 때문이다.

그러나 자연은 이와 같이 자신에게 한정되어 있으면서도, 그 속에서 부패하거나 노쇠하거나 쓸모없게 된 것들은 모두 변화시켜 새로운 창조물로 만들어낸다. 그러므로 자연은 자신 이외의 물질을 필요로 하지 않으며, 노폐물을 버릴 장소 또한 필요로 하지 않는다. 자연은 자신의 공간, 장소, 자신의 물결, 자신의 재능에 만족한다. 바로 그 점이 자연의 경이이다.

51 행동함에 있어서 경박하지 말고, 대화함에 있어서 경솔하지 말며, 감각으로 인해 방황하지 말라. 당신의 영혼을 고통에 빠지게 하지 말고, 쾌락에 날뛰게 하지 말라. 인생에 있어서 여유를 잃지 말라.

사람들이 당신을 죽이고, 사지를 절단하고, 저주를 한다고 상상해 보라. 이런 것들이 어떻게 정신을 순결하고 현명하며 건전하고 정의로운 상태로 유지시키기 위해 노력하는 당신을 방해할 수 있겠는가? 그것은 마치 어떤 사람이 맑고 신선한 물이 솟아나는 샘 곁에 서서 저주를 퍼붓는다 하더라도, 그 샘은 계속해서 맑고 신선한 물을 뿜어내는 것과 마찬가지이다. 설사 그가 그 샘 속에 진흙이나 오물을 던진다 하더라도, 그 샘은 곧 오물을 씻어버리고 조금도 더러워지지 않을 것이다.

그렇다면 당신은 어떻게 해야 우물이 아닌 영원히 신선한 샘물을 뿜어내는 샘을 간직할 수 있겠는가? 그것은 선의와 순박함과 자제력과 자유로워지고자 하는 생각을 지닌 채 항상 당신 자신을 주의 깊게 살핌으로써 가능하다.

52 우주의 본질을 알지 못하는 자는 자신이 어디 있는지 알지 못한다. 우주가 지향하는 목표를 알지 못하는 자는 자신이 무엇이며, 우주가 무엇인지 알지 못한다. 그런데 이런 문제를 하나라도 소홀히 여기는 사람은 자신이 무엇 때문에 살아가는지 알지 못한다. 또한 자신이 누구인지 또 자신이 어디에 있는지도 모르는 자들의 칭찬을 바라거나, 비난을 두려워하는 자를 당신은 어떤 부류의 인간이라고 생각하는가?

53 당신은 한 시간에 세 번이나 자기 자신을 저주하는 자로부터 칭찬받기를 원하는가? 당신은 자신조차도 자기 자신의 마음에 들지 않는 자의 마음에 들기를 원하는가? 자기가 하는 일의 거의 전부를 후회하는 자가 자기 자신의 마음에 들 수 있겠는가?

54 당신의 호흡이 당신을 에워싼 공기와 조화를 이루듯이, 당신의 생각 또한 모든 것을 에워싼 이성과 조화를 이루도록 하

라. 왜냐하면 호흡할 수 있는 자에게 공기가 유익한 것처럼, 어디에나 무엇에게나 있는 이성은 그것을 흡수하기를 원하는 자에게는 유익한 것이기 때문이다.

55 인간의 어떠한 악덕도 우주에게 해를 입히지 못하며, 개인의 어떠한 악덕도 다른 사람에게 해를 입히지 못한다. 악덕은 오직 그 악을 저지른 사람만을 해칠 뿐이다. 그러나 그에게는 언제라도 즉시 악덕을 떨쳐버릴 수 있는 능력이 주어져 있다.

56 내 이웃의 호흡이나 육신이 나의 의지와 관계가 없듯이, 내 이웃의 의지 또한 나의 의지와는 관계가 없는 것이다. 비록 우리가 서로를 위해 태어나긴 했지만, 각자를 지배하는 각자의 이성은 그 나름대로의 지배 영역을 가지고 있다. 그렇지 않다면 내 이웃의 악덕은 곧 나의 악덕일 것이다. 그것은 신의 의도가 아니다. 신은 나의 행복이 다른 사람의 의지에 의해 파괴될 수 없도록 해주셨다.

57 태양은 그 빛을 내리퍼붓는 것처럼 보인다. 태양의 빛은 사방으로 확산되지만 고갈되지 않는다. 왜냐하면 이 확산은 하나의 확장이기 때문이다. 실제로 태양빛은 태양 광선이라고 불리는

데, 이 말은 '확장된다.'는 의미의 단어에서 유래된 것이다. 좁은 구멍을 통해 어두운 방으로 들어오는 태양 광선을 관찰하면, 태양 광선의 본질을 이해할 수 있을 것이다. 태양 광선은 똑바로 확산되다가 진로를 가로막는 장애물을 만나면 굴절한다. 그러나 빛은 여기서 정지하는 것이지, 미끄러지거나 추락하는 것은 아니다.

정신의 확산과 파급도 이와 같아서 고갈되지 않고 확장되어야 한다. 도중에 어떤 장애물을 만나더라도 그 장애물과 격렬하게 대항하거나 추락하지 않고, 그곳에 머물러 정신을 받아들이는 것을 비춰주어야 하는 것이다. 실로 정신의 빛을 받아들이지 않는 물체는 자기 자신에게서 정신의 빛을 제거하는 것이다.

58 죽음을 두려워하는 자는 감각의 완전한 상실을 두려워하는 것이거나, 아니면 어떤 다른 종류의 감각을 두려워하는 것이다. 만일 실제로 당신이 아무런 감각도 없다면 당신은 악에 대해서도 느끼지 못할 것이다. 그리고 만일 당신이 어떤 다른 종류의 감각을 얻는다면 당신은 새로운 창조물이 될 것이며, 따라서 당신의 삶은 끝나지 않을 것이다.

59 인간은 서로를 위해 창조되었다. 그러므로 사람들을 가르쳐 개선시키거나, 아니면 사람들에 대해 참고 견뎌야 한다.

60 정신의 운동은 화살의 운동과는 다르다. 정신은 어떤 문제를 조심스럽게 모든 각도에서 검토하면서도, 자신의 목표를 향해 일직선으로 움직인다.

61 당신의 이웃을 지배하는 그들 각각의 이성 속으로 들어가라. 그리고 남들이 당신의 이성 속으로 들어오는 것을 허용하라.

제 9 장
자연에 순응하는 생활에 대하여

1 정의롭지 못함은 죄악이다. 왜냐하면 자연은 이성적 존재들로 하여금 서로 위하도록 만들었기 때문이다. 따라서 이성적 존재들은 각자의 가치에 따라 서로 도와야 하며, 결코 서로에게 해를 주어서는 안 된다. 이러한 자연의 의지를 거역하는 자는 분명 모든 신들 중에서도 최고의 신에 대해 불경의 죄악을 범하는 것이다.

거짓말을 하는 자도 또한 최고신에게 불경의 죄악을 범하는 것이다. 왜냐하면 우주의 본성은 모든 존재들의 본성이며, 모든 존재들은 현존하는 모든 존재들과 밀접한 관계를 갖고 있기 때문이다. 그리고 이 본성은 진리라고도 불리며, 모든 참된 것의 최고의 원인이기 때문이다. 따라서 의도적으로 거짓말을 하는 자는 사람들을 속임으로써 사람들에게 악행을 저지르는 것이므로 죄악을 범하는 것이다. 또한 본의 아니게 거짓말을 하는 자는 우주의 본성과의 조화에서 벗어나기 때문에, 그리고 질서정연한 우주적 본성에 거역하여 무질서를 가져오기 때문에 그도 역시 불경죄를 저지르는 것이다. 설사 자신의 의지를 거슬러 어쩔 수 없이 거짓말을 했다 하더라도, 참된 것의 반대편에 서는 것은 본성에 거역하는 것이다. 이러한 자들은 태어날 때 자연으로부터 여러 가지 능력을 부여받았지만, 그 능력을 소홀히 했기 때문에 거짓된 것과 참된 것을 구별할 수 없게 되어버린 것이다.

그리고 쾌락을 선으로서 추구하고, 고통을 악으로서 피하는 자도 불경죄를 범하는 것이다. 그런 사람은 분명히 우주적 본성이 선인과 악인에 대해 공평하지 못하다고 자주 비난할 것이다. 왜냐하면 악인은 쾌락을 즐기고 쾌락을 얻을 수 있는 수단을 소유하고 있는 반면, 선인은 고통을 당하고 고통을 가져다주는 것들 속에 빠져 있는 일이 때때로 있기 때문이다. 고통을 두려워하는 자가 장차 세상에 일어날 일에 대해서 두려움을 느끼는 것 또한 불경죄이다. 그리고 쾌락을 추구하는 자는 그릇된 행위를 서슴지 않을 것이며, 그것 또한 분명히 불경죄를 범하는 것이다.

우주의 본성이 공평한 태도를 취하는 대립물에 대해서는 우주의 본성과 똑같은 이성으로 공평하게 다루어야 한다. 만일 이 대립물을 공평하게 다룰 수 없다면 우주의 본성은 대립물을 창조하지 않았을 것이니 말이다. 따라서 고통과 쾌락, 삶과 죽음, 명예와 불명예 등 우주의 본성이 공평하게 다루는 것에 대해 공평한 처사를 할 수 없는 자는 분명히 불경죄를 범하는 것이다.

우주의 본성이 이것을 공평하게 다룬다는 것은 모든 일이 정당한 이치에 따라 현재 살아 있는 사람들에게, 그리고 그들의 후손들에게 공평하게 일어난다는 것을 의미한다. 이러한 것들은 섭리의 어떤 근원적인 충동에 의해서 일어나는 것이다. 그 충동에 따라 섭리는 어떤 최초의 원리로부터 시작하여 현재 우주의 질서정연함을 완성시킨 것이다. 그때 우주의 본성은 장차 일어날 사물에 관한 일종의 원리를 파악하고, 이러한 존재의 변화와 그 밖의 계기를 창조하는 능력을 부여한 것이다.

2 거짓이 무엇인지, 위선이나 사치나 오만이 무엇인지도 모르고 인류 속에서 사라지는 것은 인간으로서 분명히 바람직한 일이다. 그러나 이러한 것들에 싫증을 느끼고 숨을 거두는 것은 두 번째로 바람직한 일이다. 그래도 당신은 악 속에 빠진 채 살아갈 것을 결심했는가? 이 악성 질병으로부터 도망치라고 경험이 당신에게 설득하지 않는가? 정신의 타락은 우리를 둘러싼 공기의 어떤 오염이나 부패보다도 훨씬 더 유해한 것이다. 왜냐하면 후자는 우리의 동물적 존재(육체)를 해치지만, 전자는 우리의 인간적 존재(정신)를 해치기 때문이다.

3 죽음을 경멸하지 말라. 죽음도 자연이 원하는 것의 하나이므로 웃음으로 맞이하라. 마치 청년이 되고, 늙고, 성장하고, 성숙되고, 이[齒]와 수염과 흰머리가 나고, 수태하고 임신하고 출산하는 것, 그 밖의 인생에 있어서 다른 자연 현상들처럼 죽음도 또한

자연의 현상인 것이다. 그러므로 죽음에 대하여 무관심하거나 비통해 하거나 모멸감을 갖지도 말며 죽음을 기다리는 것이다. 그리하여 마치 당신이 지금 아내의 뱃속에서 아기가 태어날 때를 기다리는 것처럼, 당신의 영혼이 이 육체라는 껍질에서 벗어나는 때를 기다리는 것, 그것이 사려 깊은 인간의 죽음에 대한 태도이다.

그러나 만일 당신이 마음에 와 닿는 보다 일반적인 교훈을 원한다면, 머지않아 당신이 떠나게 될 당신 주위의 사물들의 본질을 생각하고, 더 이상 당신의 영혼이 관계를 갖지 않게 될 주위 사람들을 생각해 보라. 죽음에 직면하여 그것보다 더 마음을 평온하게 해주는 위안은 없다. 그러나 그들로 인해 분노를 느껴서는 안 되며, 오히려 그들을 사랑하고 그들에 대해 온화한 마음을 가져야 한다.

그러나 당신이 떠나는 것은, 당신과 같은 원칙을 갖고 있지 않은 사람들로부터 벗어난다는 것을 명심하라. 왜냐하면 당신을 이 세상에 머물러 있도록 붙들고 매달리게 하는 것이 있다면, 그것은 바로 당신과 같은 원칙을 갖고 있는 사람들과 더불어 살아가는 것이 허용되는 경우이다. 그러나 당신은 조화를 이루지 못하는 사람들과 더불어 살아간다는 것이 얼마나 지치는 일인가를 알고 있다. 그래서 당신은 '오, 죽음이여! 빨리 와다오. 내가 내 자신의 본분을 잊지 않도록.' 이라고 말하는 것이다.

4 남에게 죄를 저지르는 자는 자기 자신에게 죄를 저지르는 것이다. 그릇된 행위를 하는 자는 자기 자신을 악하게 만드는 것이므로, 자기 자신에게 그릇된 행위를 하는 것이다.

5 인간은 어떤 일을 행함으로써 뿐만 아니라 어떤 일을 행하지 않음으로써 잘못을 저지르기도 한다.

6 현재 당신의 생각이 진실성 위에 기초를 둔 것이고, 현재의 행위가 사회의 이익을 위한 것이며, 현재의 마음이 세상에서 일어나는 모든 일에 대해 만족하고 있다면, 그것으로 충분하다.

7 환상을 없애라. 충동을 억제하라. 욕망의 불을 꺼라. 당신의 지배적 이성으로 하여금 당신을 지배하게 하라.

8 이성이 없는 동물들은 하나의 생명이 주어졌을 뿐이다. 그러나 이성적인 존재들은 하나의 지혜로운 영혼이 주어졌다. 그것은 마치 땅에서 생산되는 모든 것에는 하나의 땅이 있고, 우리에게는 사물을 보게 하는 하나의 빛이 있으며, 시력과 생명을 부여받은 자에게는 호흡하는 하나의 공기가 있는 것과 같다.

9 공통된 요소를 지니고 있는 것들은 모두 자기 자신과 같은 종류의 것들을 지향하는 경향이 있다. 흙에서 나온 것은 모두 흙을 그리워하고, 물은 모두 함께 흘러가며, 공기도 또한 그러하다. 그러므로 이런 것들을 따로따로 떼어놓기 위해서는 외부적인 힘이 필요하다. 불은 그 원소의 성질 때문에 위로 치솟으며 지상의 모든 불길과 함께 타오르기 쉽고, 어떤 종류의 것이건 건조해 있으면 쉽게 타버린다. 왜냐하면 그 속에서 연소를 방해할 만한 요소가 거의 들어 있지 않기 때문이다.

이와 마찬가지로 공통된 이성적인 본성을 함께 소유하고 있는 존재들도 자신과 같은 종류의 존재들에게로 향하는 경향이 있다. 그러나 그 경향은 다른 것들의 경우보다 더 강하다. 왜냐하면 우월한 것이면 우월한 것일수록 자신과 같은 종류의 것들과 어울리고 화합하려는 경향이 강하기 때문이다.

한편 이성이 없는 생물 가운데서도 우리는 벌 떼나 가축의 무리, 새끼를 기르는 어미새의 무리에게서는 사랑도 찾아볼 수 있다. 그들은 이미 영혼을 소유하고 있기 때문이다. 비교적 고등동물의 사회적인 본능은 식물이나 돌이나 목재에서는 결코 찾아볼 수 없는 것이다. 그러나 이성적 존재(인간) 사이에는 단체, 우정, 가정, 화합이 있으며, 전쟁에 있어서는 조약과 휴전 협정이 있다. 보다 높은 인간들 사이에는, 설사 그들이 서로 멀리 떨어져 있다 하더라도 마치 별들의 화합처럼 동류끼리의 화합이 존재한다. 이와 같이 보다 높은 인간으로 올라가면 비록 서로가 멀리 떨어져 있더라도 공감할 수 있는 것이다.

그러나 지금 어떤 일이 일어나고 있는가를 보라. 오직 이성적 존재들만이 서로 친화성과 화합을 망각하고 있으며, 오직 그들 사이에서만이 결합하고자 하는 흐름을 발견할 수 없다. 그러나 그들이 아무리 도망칠지라도 그들은 여전히 붙잡혀 함께 묶여 있다. 왜냐하면 자연은 너무도 강력하기 때문이다. 주의 깊게 살펴보라. 그러면 내 말이 사실임을 알게 될 것이다. 실로 당신은 인간으로부터 격리된 인간을 발견하는 것보다 흙의 성질을 갖고 있으면서도 흙과 관계를 유지하고 있지 않은 것을 발견하는 편이 더 쉬울 것이다.

10 인간도, 신도, 우주도, 그리고 그 밖의 모든 것이 적합한 시기에 열매를 맺는다. 본래는 포도나무와 같은 것들에 일반적으로 사용하는 표현이기는 하지만, 그것은 아무래도 상관없다. 이성도 또한 열매를 맺는다. 이성은 자신의 열매와 우주의 열매를 맺는데, 이성 자체와 같은 성질의 열매를 맺는다.

11 만일 가능하다면 잘못을 저지른 사람들을 잘 타일러 그 마음을 바로잡아주어라. 만일 그것이 불가능하다면 바로 그런 경

우를 위해 당신에게 관용이 주어졌다는 사실을 상기하라. 신들도 그러한 사람들에게 관대하며, 그들이 성취하려는 것—건강 · 부 · 명성 등—이 이루어지도록 그들을 돕는다. 당신도 또한 그렇게 할 수 있다. 그렇지 않다면 당신이 그렇게 하는 것을 방해하는 자가 누구인가 말해 보라.

12 열심히 일하라. 그러나 비참한 마음으로도 일하지 말고, 동정이나 칭찬받기를 바라는 마음으로도 일하지 말라. 오직 당신이 일을 할 것인지 하지 않을 것인지는 사회적 이성이 명령하는 바에 따라 결정하라.

13 오늘 나는 모든 번뇌에서 벗어났다. 아니 오히려 나의 모든 번뇌를 밖으로 내쫓아버렸다고 말하는 것이 더 적절할 것이다. 왜냐하면 나의 번뇌는 외부에 있었던 것이 아니라 내부, 즉 나의 생각 속에 있었기 때문이다.

14 모든 것은 동일하다. 모든 것은 경험적으로는 우리에게 익숙하며, 시간적으로는 덧없으며, 물질적으로는 비천하다. 현재의 모든 것은 무덤 속에 묻혀 있는 사람들의 시대와 조금도 다를 것이 없다.

15 사물은 우리의 외부에 존재하고 있다. 사물은 있는 그대로의 것일 뿐 그 이상의 것이 아니다. 사물은 자기 자신에 관해 아무것도 알지 못하며, 또한 우리에게 자기 자신에 관해 아무것도 말하지 않는다. 그렇다면 그들에 관해 우리에게 말해 주는 것은 무엇인가? 그것은 우리의 내부에 있는 우리를 지배하는 이성이다.

16 이성적, 사회적 존재의 선과 악은 수동적인 것이 아니라 행동하는 가운데 나타난다. 그것은 그의 미덕과 악덕이 수동적인 상태에 존재하는 것이 아니라 행위 속에 존재하는 것과 같다.

17 공중으로 던져진 돌의 입장에서 보면, 올라가는 것이 선이 아닌 것처럼 떨어지는 것 또한 악이 아니다.

18 그들을 지배하는 이성 속으로 깊이 들어가라. 그러면 당신이 두려워하는 재판관이 어떤 부류의 인간들이며, 또 그들이 자기 자신에 대해서는 얼마나 열등한 재판관인가를 알게 될 것이다.

19 모든 것은 끊임없이 변화하고 있으며, 어떤 의미에서는 부패하고 있는 것이다. 우주도 또한 마찬가지이다.

20 다른 사람의 그릇된 행위에 대해서는 상관하지 말라.

21 활동의 정지, 충동과 사고의 종결, 즉 다시 말하자면 죽음은 결코 악이 아니다. 당신의 유년기 · 소년기 · 장년기 · 노년기 등 인생의 각 시기를 생각해 보라. 이러한 시기의 모든 변화도 또한 일종의 죽음인 것이다. 그 변화가 두려운 것이었나? 이번에는 당신의 할아버지와 함께 지내던 당신의 삶을 생각해 보라. 다음에는 어머니와 함께 지내던 당신의 삶, 그리고 아버지와 함께 지내던 당신의 삶을 생각해 보라. 거기서 여러 가지 차이점과 변화와 종결을 찾아내어 당신 자신에게 물어보라. '여기에 무엇이 두려운가?' 라고. 마찬가지로 인생 전체의 정지와 변화, 종결 속에도 두려움은 전혀 없는 것이다.

22 당신을 지배하는 당신의 이성과 우주의 이성과 그리고 이웃 사람의 이성을 검토해 보라. 당신 자신의 이성은 당신의 행동을 바르게 하기 위해 검토하라. 우주의 이성은 당신이 무엇의 일부인가를 잊지 않기 위해 검토하라. 그리고 이웃 사람의 이성은 무지 때문에 그런 행동을 했는지 아니면 분별력을 가지고 있으면서도 그런 행동을 했는지를 가려내고, 동시에 그의 이성은 당신의 이성과 동일하다는 것을 확인하기 위해서 검토하라.

23 당신이 하나의 구성원으로서 사회 전체를 완전하게 만드는데 이바지하듯이, 당신의 모든 행위 또한 사회생활을 완전하게 만드는 사회적인 목적에 맞아야 한다. 만일 당신의 어떤 행위가 직접적이든 간접적이든 사회적인 목적과 관계를 갖고 있지 않다면, 그 행위는 사회생활을 혼란시키고 그 통일을 방해하여 분열을 일으킨다. 그것은 마치 공동체 속에 있는 사람이 멋대로 행동하여 전체의 분위기를 깨뜨리는 것과 같다.

24 어린아이와 같은 심술과 장난, 그리고 시체를 짊어지고 다니는 가련한 영혼—이것이 인생이다. 이제 우리들로 하여금 죽은 자를 찾아가는 것을 더욱 실감나게 해준다.

25 어떤 대상의 형상적인 성질을 고찰하려면, 먼저 사물의 근원적인 본질과 특질을 파악하고, 이 성질은 그 물질로부터 분리시켜야 한다. 그러고 나서 이것이 특수한 형태로 어느 정도 지속될 수 있을지 그 사물의 최대 수명을 판단하라.

26 당신이 당신의 이성으로 하여금 그 본연의 일을 수행하도록 기꺼이 내맡기지 않기 때문에 당신은 무한한 고통을 겪지 않을 수 없는 것이다. 이제 그러지 말라.

27 어떤 사람이 당신을 비난하거나 미워할 때, 또는 그러한 감정을 나타낼 때는 그들의 영혼 속으로 들어가 그들이 어떤 종류의 사람들인가를 관찰하라. 그러면 당신은 그들이 당신을 좋게 생각해 주기를 갈망할 필요가 없다는 것을 알게 될 것이다.

그러나 당신은 그들에 대해 선의를 가져야 한다. 왜냐하면 자연은 그들을 당신의 친구로 만들었으며, 신들도 꿈이나 신탁을 통해 그들이 목표로 삼은 것을 획득하도록 배려해 주고 있기 때문이다.

28 우주의 주기적인 운동은 위에서 아래로, 영원부터 영원까지 변함이 없다. 우주의 이성이 개별적인 결과를 야기시키면서 움직인다면 그 결과를 받아들여라. 그렇지 않다면 우주의 이성은 한 번 움직이고 그 밖의 모든 일들은 인과율(因果律)에 따라 일어나는 것이다. 그러나 이것은 어느 쪽이라도 무방하지 않은가? 다시 말해 우주는 각기 독립된 별개의 것(원자)이거나 아니면 분리할 수 없는 전체를 이루는 것이다. 요컨대 만일 신이 존재한다면 그것으로 충분하다. 그러나 만일 만물이 우연히 된 것이라 할지라도 당신까지 우연의 지배를 받을 필요는 없지 않을까?

머지않아 흙은 우리 모두를 덮어버릴 것이다. 그리고 흙 자체도 곧 변화할 것이며 이러한 변화는 영원히 계속될 것이다. 이렇게 끊임없이 계속되는 변화와 변형이라는 물결의 움직임과 속도를 헤아려보는 사람은 죽어가는 모든 것을 경멸하게 될 것이다.

29 우주 생성의 근원은 격류와 같아 모든 것을 휩쓸어버린다. 그러니 정치가들과 참된 철학 정신에 입각하여 행동한다고 스스로 믿고 있는 소인배들은 얼마나 보잘것없는 자들인가? 그들은 코흘리개 어린애들과 같다. 그렇다면 인간은 무엇을 해야 하는가? 자연이 요구하는 바를 행하라. 그것이 당신에게 허용되었다면 당장 행하라. 당신이 하는 일을 다른 사람이 알아주기를 원하여 두리번거리지 말라.

플라톤의 이상 국가는 기대하지도 말라. 그러나 아무리 작은 일이라 할지라도 그 일이 진전되면 그것으로 만족하고, 그 성과를 하찮게 생각하지 말라. 누가 남의 신념을 바꿀 수 있겠는가? 신념을 바꾸지 않고 다만 속으로 불평하면서 복종하는 체하는 것은 노예들과 무엇이 다르겠는가? 자, 알렉산더와 필립, 팔레론의 데미트리우스의 이야기를 내게 들려다오. 만일 그들이 자연이 요구하는 바를 알고 그에 따라 자신들을 단련했다면 나는 그들을 따를 것이다. 그러나 만일 그들이 영웅인 체한 데 지나지 않았다면, 나로 하여금 그들을 따르게 할 수 있는 사람은 아무도 없다. 철학은 소박하고 겸허한 것이다. 나를 오만한 자만심으로 유혹하지 말라.

30 인간의 수많은 집단과 수많은 의식, 폭풍과 평온함 속에서의 인간의 다양한 항해, 태어나서 살다가 사라져가는 인간들의

변화를 위에서 내려다보라. 또한 오래 전 옛날 사람들이 살았던 삶과 당신 이후의 사람들이 살게 될 삶, 그리고 현재 무지한 사람들 사이에서 살고 있는 삶을 생각해 보라. 당신의 이름조차 모르는 사람들이 얼마나 많으며, 또 곧 당신의 이름을 잊어버리게 될 사람들이 얼마나 많은가를 생각해 보라. 지금 당신을 칭찬하는 사람들 중 얼마나 많은 사람들이 곧 당신을 비난할 것인가를 생각해 보라. 그러므로 기억과 명성, 그리고 그 밖의 모든 것이 아무런 가치도 없다는 것을 상기하라.

31 외적인 원인으로 인해 당신에게 일어나는 일에 대해서는 동요되지 말라. 그러나 당신의 내부에 있는 원인으로부터 생겨나는 일에 대해서는 정의로워져라. 이것은 바로 사회적으로 유익한 행위이며, 자연에 일치하는 일이기 때문이다.

32 당신은 여러 가지 불필요한 많은 괴로움을 제거할 수 있다. 왜냐하면 그러한 것들은 전적으로 당신의 생각 속에 존재하기 때문이다. 따라서 당신의 마음속에 온 우주를 포용하고, 영원한 시간을 관조하며, 모든 사물들의 신속한 변화를 생각하고, 출생에서 죽음에 이르기까지의 시간이 얼마나 짧은가를 생각하며, 출생 이전의 무한과 당신의 죽음 이후의 영원을 상기함으로써 당신은 넓은 세계로 나아갈 수 있을 것이다.

33 당신의 눈앞에 있는 모든 것은 곧 사라져버릴 것이며, 그 것을 보는 사람들 또한 곧 사라져버릴 것이다. 매우 오랫동안 살다가 죽은 사람과 요절한 사람과의 사이에는 아무런 차이도 없다.

34 사람을 지배하는 이성은 어떤 종류의 것인가? 그들은 어떤 것에 관심을 기울이며, 어떤 것을 사랑하고 존중하는가? 그들의 벌거벗은 영혼을 관찰하라. 그들은 자신들의 비난으로 당신을 해칠 수도 있고, 자신들의 칭찬으로 당신에게 이익을 줄 수도 있다고 믿고 있다. 이 얼마나 오만한 생각인가!

35 죽음은 변화에 지나지 않으며 변화는 우주적 본성의 기쁨이다. 따라서 이 본성에 순종하면 모든 일이 순조로워진다. 모든 것이 태초 이래로 자연의 명령에 의해 똑같은 방법으로 생겨났으며, 영원히 그러한 방법으로 생겨날 것이다. 그런데 어찌하여 당신은 모든 것이 잘못되었으며 앞으로도 그러할 것이라고 말하는가? 어찌하여 당신은 하늘에 있는 어떤 신에게도 이것을 바로잡을 능력이 없으며, 따라서 세계는 끊임없이 악에 의해 괴롭힘을 당할 수밖에 없다고 말하는가?

36 만물의 뿌리에 놓여 있는 물질이 부패한 결과는 물 · 먼지 · 뼈 · 악취에서 생긴 것이고, 대리석은 흙이 굳어서 된 것이며,

금과 은은 침전물이 쌓여서 된 것이며, 의류는 털의 조각일 뿐이다. 자줏빛 염료는 생선의 피로 만든 것이고, 그 밖의 것들도 모두 마찬가지이다. 우리 생명의 숨결도 또한 그와 같아서, 이것에서 다른 것으로 끊임없이 변해가고 있는 것이다.

37 이제 이 비참한 생활, 투덜거림, 원숭이와 같은 것은 그만두어라! 왜 당신은 마음을 혼란시키는가? 인생에는 일찍이 일어난 적이 없는 새로운 일은 일어나지 않는다. 그런데 당신의 마음을 혼란시키는 것은 무엇인가? 그 외형인가? 그렇다면 그 외형을 잘 살펴보아라. 그 본질인가? 그렇다면 그 본질을 잘 살펴보아라. 외형과 본질 이외의 것은 아무것도 없다. 이제부터라도 신들에 대해 순수하고 선량한 인간이 되어라. 이러한 것들을 1백 년 동안 조사하건 3년 동안 조사하건 그것은 마찬가지이다.

38 만일 그가 그릇된 행위를 했다면 그 해악은 그에게로 돌아간다. 그러나 어쩌면 그는 그릇된 행위를 하지 않았는지도 모른다.

39 만물은 모두 하나의 이성적 근원으로부터 나오거나—이 경우에는 전체 이익을 위해 일어나는 것에 대해 그 일부분이 불평해서는 안 된다.—아니면 만물은 원자이고 잡동사니이며 분산이

다. 그렇다면 당신은 무엇 때문에 걱정하고 있는가? 당신의 이성에게 말하라. '그대는 죽었다, 소멸되었다, 짐승이 되어버렸다. 그대는 위선자이다, 가축의 떼와 함께 풀을 뜯어먹고 있다.' 라고

40 신들은 아무런 능력도 갖고 있지 않거나, 아니면 무엇이든 할 수 있는 능력을 갖고 있다. 만일 신들이 아무런 능력도 갖고 있지 않다면, 왜 당신은 신들에게 기도를 하는가. 만일 신들이 능력을 갖고 있다면 왜 당신은 이러이러한 일들이 일어나게 해달라거나 혹은 일어나지 않게 해달라고 기원하기보다는, 이러이러한 것들에 대한 두려움과 욕망과 슬픔을 제거해달라고 기도하지 않는가? 만일 신들이 인간을 도울 수 있다면 이런 일도 도와주지 않을까? 당신은 이렇게 말할지도 모른다. '그러나 신들은 그러한 것을 나의 능력으로 좌우할 수 있게 했다.' 라고.

그렇다면 당신의 힘으로 좌우할 수 있는 것들을 자유인으로서 즐기는 편이 노예나 거지처럼 자신의 힘이 미치지 않는 것들로 인해 괴로움을 당하는 것보다 낫지 않은가? 우리 자신의 능력에 속해 있는 것들에 대해서 신들은 우리를 도와주지 않는다고 누가 당신에게 말하기라도 했는가? 어쨌든 신들에게 이런 방법으로 기도하기 시작해 보라. 그러면 당신은 알게 될 것이다. 어떤 사람은 '저 여자를 가질 수 있게 해주소서.' 라고 기도한다. 그러나 당신은 '저 여자를 갖고 싶은 욕망을 갖지 않게 해주소서.' 라고 기도

해야 한다. 어떤 사람은 '이러이러한 사람을 벌해 주소서.' 라고 기도한다. 그러나 당신은 '그가 벌 받기를 바라지 않도록 해주소서.' 라고 기도해야 한다. 또 어떤 사람은 '나의 아이를 잃지 않게 해주소서.' 라고 기도한다. 그러나 당신은 '나의 아이를 잃는 것을 두려워하지 않게 해주소서.' 라고 기도해야 한다. 당신의 모든 기도를 이런 식으로 바꾸어라. 그리고 그 결과를 보라.

41 에피쿠로스는 이렇게 말했다. '내가 병중에 있는 동안, 나의 육체적 고통을 화제로 삼지 않았다. 나를 찾아오는 사람들에게 그런 종류의 이야기는 하지 않았다. 나는 최대의 관심사인 자연에 관한 학문의 원리 탐구를 계속했으며, 특히 정신은 육체의 이와 같은 고통을 함께 나누면서도 어떻게 동요되지 않고 자신의 행복을 지켜나가는가 하는 것을 연구했다. 또한 나는 의사들에게 마치 자신들이 대단한 일을 한 듯이 우쭐댈 기회를 주지 않았다. 그러나 나의 생활은 올바르고 행복한 것이었다.' 라고.

당신이 병들어 누워 있을 때나 그 외의 어떤 곤경에 처하게 되면 에피쿠로스를 본받도록 하라. 왜냐하면 어떠한 어려움이 닥치더라도 철학에서 떠나지 않고, 무지한 자나 자연의 학문을 알지 못하는 자의 어리석은 말에 맞장구를 치지 않는 것이 모든 철학의 공통된 원칙이기 때문이다. 현재 당신이 해야 할 일과 그 일을 완수할 방법에만 전념하라.

42 어떤 사람의 뻔뻔한 행위가 당신을 화나게 할 때에는 즉시 당신 자신에게, '세상에 뻔뻔한 자들이 존재하지 않을 수 있겠는가?' 라고 물어보라. 그것은 불가능한 일이다. 그렇다면 불가능한 것을 구하지 말라. 그 사람은 이 세상에 반드시 있게 마련인 뻔뻔한 자들 중의 하나인 것이다. 악한이나 사기꾼이나 그 밖의 다른 그릇된 행동을 하는 자들을 만날 때에도 이와 같은 생각을 하라.

그런 부류의 인간들도 또한 없어서는 안 된다는 것을 상기하라. 그러면 당신은 곧 그런 사람들 개개인에 대해서 보다 너그러운 마음을 가지게 될 것이다. 또한 자연은 인간에게 이러한 그릇된 행위에 대처할 수 있는 어떤 특별한 성품을 주었는가를 상기하는 것도 유익한 일이다. 자연은 인간에게 잔인한 행위에 대처할 수 있는 해독제로써 친절함을 주었으며, 그 밖의 다른 악덕에 대처할 수 있는 해독제로써 또 다른 성품을 주었다.

어쨌든 당신은 잘못을 저지르는 자에게 그의 행위의 그릇됨을 가르쳐줌으로써 그의 길을 바로잡아줄 수가 있다. 왜냐하면 그릇된 행위를 하는 자는 모두 자신의 참된 목적에서 벗어나 있기 때문이다.

그런데 당신은 그들로부터 어떤 해를 입었는가? 당신이 화를 내고 있는 사람들 중에서 어느 누구도 당신의 정신을 해친 사람은 없다는 것을 당신은 알게 될 것이다. 당신의 정신에 해악을 줄 수 있는 것은 오직 당신의 정신에만 있는 것이다.

어리석은 사람이 어리석은 행위를 했다고 해서 그것이 어찌하여 해로운 것이며 또 이상한 일인가? 당신이 책망해야 할 사람은, 그 사람이 그런 잘못을 하리라고 예상하지 못했던 당신 자신이다. 왜냐하면 당신의 이성은 그 사람이 그런 잘못을 할 것이라고 예측할 수 있는 충분한 근거를 제공했는데도 불구하고, 당신은 그 사실을 망각하고 그의 그릇된 행위에 놀라고 있기 때문이다.

당신이 어떤 사람을 믿을 수 없다든지 은혜를 고마워할 줄 모른다고 책망할 때는, 무엇보다도 먼저 당신 자신을 돌아보라. 왜냐하면 당신이 그러한 성품을 가진 사람을 신뢰하여 그가 당신에게 신용을 지킬 것이라고 믿은 것도 당신 잘못이고, 당신이 그에게 호의를 베풀 때 보답받기 위해 베풀었다면 그것 또한 당신의 잘못이다. 그의 행위는 당신의 행위에 대한 충분한 보답인 것이다.

당신이 어떤 사람에게 친절을 베풀었다면 그 이상 무엇을 원하는가? 당신의 친절에 대한 보답을 바라지 않고 당신 자신의 본성에 따라 행동한 것으로 충분하지 않은가? 당신의 행위에 대해 보수를 바라는가? 그것은 마치 눈(眼)이 보고 발이 걷는다고 해서 보수를 요구하는 것과 조금도 다르지 않다. 눈과 발은 각기 보고 걷기 위해 창조되었으며, 창조된 목적에 따라 행동함으로써 자신의 본분을 다하고 있는 것뿐이다. 마찬가지로 인간은 친절한 행위를 위해 창조되었으며, 친절한 행위나 공익을 위해 봉사하는 것은 그가 창조된 목적을 수행하는 것이며 자신의 본분을 다하는 것이다.

제 10 장
사회적 존재에 대하여

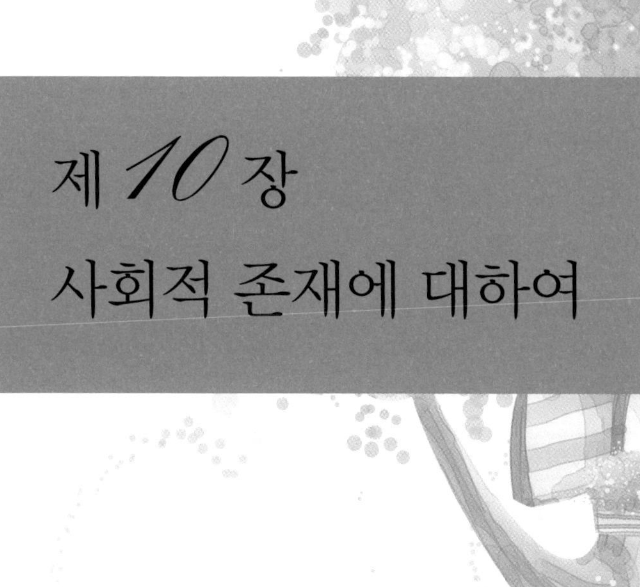

1 오, 나의 영혼이여! 그대는 어느 날에나 더욱 선하고 소박해지고 솔직하고 적나라하여 그대를 둘러싸고 있는 육체보다 더 돋보이게 될까? 어느 날에나 사랑과 애정에 넘치는 온유한 마음씨를 즐길 수 있게 될까? 어느 날에나 당신에게 주어진 것에 만족하고, 더는 아무것도 원치 않고 요구하지 않으며 쾌락의 즐거움을 위해 어떤 생물이나 무생물도 원치 않게 될까? 즐거움을 연장시켜줄 시간이나 장소나 상쾌한 기후나 아름다운 인간관계도 원치 않게 될까? 당신은 지금의 상태에 만족하고 현재 소유하고 있는 것으로 즐거워할 수 있을까? 당신에게 주어진 것은 모두 신들로부터 오는 것이며, 신들이 좋게 여기는 것이야말로 현재나 미래에도 당신에게 만족스러운 것임을 확신하게 될까? 그리고 이렇게 선하고 바르고 아름다운 존재, 즉 만물을 낳고 보존하고 포용하고 이것이 분해되면 다시 동일한 것을 만들어내는 존재를 지키기 위해, 신들이 부여하는 모든 것들은 당신에게 만족스러운 것임을 확

신하게 될까? 오, 나의 영혼이여! 당신은 신들과 인간들이 이 세상에 살기에 합당하여 신들과 인간들을 비난하지 않고 또 그들의 비난도 받지 않게 될까?

2 살아 있는 존재로서의 당신의 본성이 무엇을 요구하는가를 주의 깊게 관찰하라. 왜냐하면 당신은 살아 있는 존재인 자연의 지배를 받고 있기 때문이다. 당신의 본성이 요구하는 바가 육체적 존재로서의 당신의 본성에 어울리는 것이라면, 그것을 받아들이고 행하라. 그 다음으로 동물적 존재로서의 당신의 본성이 무엇을 요구하는지를 주의 깊게 관찰하라. 그리고 그것이 이성적 존재로서의 당신의 본성에 어울리는 것이라면, 그것을 받아들여라. 이성적 존재란 곧 사회적 존재를 의미한다. 이상의 원칙을 적용하여 쓸데없는 일에 노력을 기울이지 말라.

3 당신에게 일어나는 모든 일은 당신이 본래부터 견뎌낼 수 있는 능력을 부여받은 일이거나, 아니면 견뎌낼 수 없는 일이다. 그러므로 만일 당신에게 일어나는 일이 당신이 견뎌낼 수 있는 일이라면 불평하지 말고 참고 견뎌라. 그러나 만일 당신이 본래부터 견뎌낼 수 없는 일이라 하더라도 불평하지 말라. 왜냐하면 그 일은 당신을 소모시킨 다음에는 자신도 소멸해 버리기 때문이다. 어

떤 일을 참고 견디는 것이 당신 자신의 이익이거나 혹은 의무라고 생각하면 견디기 쉬운 것도 있다. 그러나 당신은 본래부터 이 모든 일을 견뎌낼 수 있는 능력이 있었다는 사실을 잊지 말라.

4 만일 어떤 사람이 그릇된 행위를 하거든 친절하게 가르쳐 주고, 그의 잘못을 지적해 주어라. 만일 당신이 그를 설득하는데 실패했다면, 당신 자신을 책망하든가 아니면 어느 누구도 책망하지 말라.

5 당신에게 일어나는 모든 일은 이미 태초부터 준비되어 있었던 것이다. 즉 여러 가지 원인들이 서로 관련을 맺으면서 먼 옛날부터 당신의 존재와 그 일을 연결시키고 있었던 것이다.

6 우주가 원자들의 집합이든 자연의 질서정연한 체계이든 나의 첫 번째 확신은 나는 자연이 지배하는 만물의 일부분이라는 것이다. 두 번째는 나와 같은 종류(동포)와 밀접한 관계를 맺고 있다는 것이다. 만일 내가 이러한 생각들을 마음속에 간직하고 있다면, 전체의 일부분인 나는 전체로부터 할당받은 것에 대해 불평을 해서는 안 된다는 것을 명심하라. 왜냐하면 전체에 유익한 것이 부분에게 해가 될 리 없으며, 우주 안에는 우주 자신에게 불리한

것은 하나도 없다. 그리고 모든 본성은 앞서 말한 것을 원칙으로 삼고 있으며, 특히 우주의 본성에는 어떤 외적인 원인으로 인해 자신에게 해로운 것을 생산하도록 강요받지 않는다는 것이다.

그러므로 내가 전체의 일부분임을 기억하는 한, 나는 전체로부터 생겨나는 모든 것에 만족하게 될 것이다. 그리고 나와 같은 종류와 밀접하게 연관되어 있는 한, 나는 공공의 안녕을 해치는 행위는 결코 하지 않을 것이며, 나의 모든 활동을 공공의 이익을 위해 기울이고, 이에 위배되는 일은 멀리할 것이다.

이렇게 한다면 인생은 반드시 평온하게 흘러갈 것이다. 자신의 동료와 시민들의 이익을 위해 행동하고, 국가로부터 부여받은 것은 무엇이든 기꺼이 받아들이는 어떤 사람의 삶을 보고 그의 인생이 행복할 것이라고 판단하듯이, 나의 인생도 그러할 것이다.

7 우주의 각 부분들, 다시 말해 본래 우주에 포함되어 있는 모든 부분은 소멸되어야 한다. 여기서 소멸이란 변화를 의미한다. 만일 이 변화가 각 부분들에게 본질적으로 나쁘고 불가피한 것이라면, 우주의 운행은 순조롭게 진행될 수 없을 것이다. 왜냐하면 우주의 각 부분들은 항상 변화로 향하고 있으며, 끊임없이 그들 나름대로 소멸되고 있기 때문이다.

그렇다면 자연이 자신의 각 부분들에게 해를 입히고 자신의 각 부분들을 악에 빠뜨리려 하겠는가? 아니면 그러한 일이 일어나고 있는 것을 자연이 알지 못하는 것인가? 이것은 모두 믿을 수 없는 일들이다.

그러나 만일 어떤 사람이 자연의 개념을 떠나 우주의 각 부분들이 변화하는 것은 당연한 일이라고 말하면서, 동시에 그 변화가 마치 부당한 일인 양 놀라거나 불평하는 것은 얼마나 우스꽝스러운 일인가? 더구나 모든 부분들은 분해되어, 그 사물을 구성하고 있던 요소들로 되돌아가는 것이 아닌가? 다시 말해서 사물의 분해는 만물을 구성하고 있는 여러 원소로 흩어지거나 아니면, 고체가 흙으로 변하고 입김이 공기로 환원되어 그것들이 우주의 이성 속으로 다시 흡수되는 것임에 틀림없다. 우주가 불에 의해 주기적으로 소진되거나 또는 끊임없는 변화에 의해 새로워진다 하더라도 그것에는 변함이 없는 것이다.

그러나 고체 또는 기체라는 우주의 성분 부분은 당신이 태어날 때부터 갖고 있었던 것이라고 생각해서는 안 된다. 왜냐하면 그것들은 모두 어제 혹은 그저께 섭취한 음식물과 공기로부터 생겨난 것이기 때문이다. 그러므로 변화하는 것은 태어날 때 어머니로부터 받은 것이 아니라, 태어난 이후 당신이 섭취한 것이다. 비록 당신의 개성이 새로운 물질과 밀접하게 결부시킨다 하더라도 내가 지금 말한 것에는 변함이 없다.

8 만일 당신이 사람들로부터 선한 사람, 겸손한 사람, 진실한 사람, 사려 깊은 사람, 올바른 사람, 마음이 넓은 사람이라는 명칭을 얻었다면, 이를 언제까지나 간직하라. 그리고 만일 이러한 명칭들을 듣지 못하게 되었을 때에는 서둘러 다시 회복하라. 그러나 '사려 깊다.' 는 말은 각각의 사물에 대한 세심한 주의력과 집중력을 의미한다는 것을 기억하라. '올바른 사람' 이라는 말은 우주의 본성에 의해 당신에게 주어진 모든 것을 기꺼이 받아들이는 것을 의미하며, '마음이 넓다.' 라는 말은 즐겁건 고통스럽건 육체의 감각을 초월하고 헛된 명예와 죽음, 그리고 그 밖의 이와 비슷한 모든 것을 초월한다는 의미이다.

사람들로부터 이러한 명칭들을 얻으려고 굳이 애쓰지 말고, 이러한 명칭들에 적합한 생활을 하도록 노력하라. 그러면 당신은 새로운 인간이 되어 새로운 삶으로 들어갈 것이다. 예전의 생활 태도를 버리지 않고 그러한 생활을 계속함으로써 더럽혀지는 것은 너무나 삶에 집착하는 사람의 태도로, 마치 원형 경기장에서 맹수들과 싸우다 피투성이가 되었으면서도 내일까지 살려달라고 애걸하는 투사와 같다. 그러나 그 투사는 내일도 역시 똑같은 상태, 즉 똑같은 맹수의 발톱과 이빨 밑으로 던져질 뿐이다.

그러므로 위에서 말한 몇 가지 아름다운 명칭의 배에 올라타라. 그리고 그 배에 함께 머물 수 있다면 그렇게 하라. 마치 어떤 축복의 섬에라도 이주한 사람처럼. 그러나 만일 그 배가 난파할 것 같아 견딜 수 없으면, 지체 없이 어느 아늑한 곳으로 물러가거나 아니면 분노를 품지 말고 악의 없이 자유롭고 겸허한 마음으로 삶을 떠나라. 그렇게 떠난다면 당신의 인생에서 적어도 한 가지를 성취한 셈이 되는 것이다.

그러나 위에서 말한 명칭들을 항상 마음속에 간직하기 위해서는 신들을 기억하는 것이 큰 도움이 될 것이다. 신들이 아첨을 바라는 것이 아니라, 이성을 부여받은 모든 존재들이 자신들과 같게 되기를 바라는 것임을 명심하라. 그들은 무화과가 무화과의 본분을, 개가 개의 본분을, 꿀벌이 꿀벌의 본분을, 인간이 인간의 본분을 다하기를 바라고 있다.

9 천박한 희극, 싸움, 흥분, 나태, 노예근성! 만일 당신이 이러한 것들의 인상을 자연에 대한 인식에 의해 분석하지 않고 그대로 받아들인다면, 당신의 신성한 원칙들은 날마다 무너져버릴 것이다. 그러므로 당신은 환경이 당신에게 부과한 의무들을 수행하는 태도로 모든 것을 관찰하고 행동해야 한다. 동시에 당신의 사고능력을 발휘하고, 각각의 일들에 대한 인식으로부터 얻은 자신을 남에게 과시하거나 숨김없이 견지해야 한다.

당신은 진정한 고결함과 존엄 속에서 기쁨을 느끼고 싶지 않은가? 또한 각각의 사물에 대한 인식, 즉 그것이 본질적으로 어떠한 것이며, 우주 속에서는 어떠한 위치를 차지하며, 얼마 동안 존속할 것이며, 그것을 구성하는 것은 어떠한 요소들이며, 누구에게 유익한 것이며, 그것을 주거나 빼앗을 수 있는 자는 누구인가 하는 등의 인식 속에서 기쁨을 느끼고 싶지 않은가?

10 거미가 파리를 잡고 자랑스러워한다. 어떤 사람은 덫으로 토끼를, 어떤 사람은 그물로 정어리를, 또 어떤 사람은 멧돼지를, 어떤 사람은 곰을, 어떤 사람은 사르마티아 사람을 잡고 자랑스러워한다. 그러나 이런 행위들의 원칙을 검토해 보면 그들은 모두 강도가 아닌가?

11 만물이 변화하는 규칙적인 과정을 관찰하라. 즉 우주의 이러한 점에 끊임없이 주의를 기울이고 당신 자신을 훈련시켜라. 그것만큼 정신을 고귀하게 만들어주는 것은 없다. 고귀한 정신을 지닌 사람은 육체의 속박에서 벗어난다. 그는 자신이 머지않아 인간 사회와 모든 것으로부터 떠나야 한다는 것을 알고 있으며, 그리하여 행동함에 있어서는 정의로움에 자신을 내맡기고, 그 밖의 다른 모든 것에 있어서는 우주의 본질에 자신을 내맡기는 것이다.

그는 다른 사람들이 자신에 대해 무슨 말을 하며 어떻게 생각하든, 그리고 자신에 대해 어떤 행동을 하든 전혀 개의치 않는다. 다만 모든 행위에 있어서 정의롭고, 자신에게 주어진 모든 것들을 기꺼이 받아들이는 것으로 만족하고 있다. 그는 모든 근심과 욕망을 버리고 자연의 법칙(만물을 지배하는 법칙)에 따라 바른길을 감으로써 신에게 순종하는 것 외에는 아무것도 바라지 않는다.

12 당신이 가야 할 길이 당신의 눈앞에 있는데 망설일 필요가 있는가? 당신이 가야 할 길이 분명하게 보이면, 기꺼이 확고한 태도로 그 길을 가라. 그러나 만일 당신이 가야 할 길이 보이지 않는다면, 걸음을 멈추고 가장 훌륭한 충고자들과 상의하라. 만일 당신이 가는 길에 어떤 다른 장애물이 나타나면 사태를 냉정히 고찰하고 당신의 능력에 따라 정의의 길을 향해 조심스럽게 나아가라. 정의를 이루는 것이 최고의 성공이며 모든 진정한 실패는 정의를 이루지 못하는 것이기 때문이다.

모든 일에 있어서 이성을 따르는 사람은 마음의 평온을 유지하면서도 활동적이고, 쾌활하면서도 모순이 없다.

13 잠자리에서 일어나자마자 당신 자신에게 물어보라. '남이 바르고 선한 행동을 하면 그것이 내게 무슨 문제가 되겠는가?'라고. 그것은 문제가 되지 않는다. 당신은 다른 사람들을 함부로

칭찬하거나 비난하는 자들이, 잠을 잘 때나 식사를 할 때 어떻게 하며 무슨 일을 기꺼이 하고 무슨 일을 피하며, 또한 무엇을 추구하고 무엇을 훔치며 무엇을 빼앗는지를 잊었는가? 그것도 손이나 발로써가 아니라 그들의 가장 소중한 부분, 즉 그가 원하기만 하면 성실 · 겸손 · 진실 · 법칙 · 선한 정신 등의 근원이 될 수 있는 그들 내부의 가장 소중한 부분(이성)을 이용해서 말이다.

14 진정으로 교양이 있고 경건한 사람은 모든 것을 주고 모든 것을 거두어들이는 자연을 향해 이렇게 외친다. '당신의 뜻대로 주시고, 당신의 뜻대로 거두소서.' 라고. 그러나 그는 오만한 태도로 이렇게 말하는 것이 아니라, 순종하는 태도로 말하고 자연에 귀의한다.

15 당신에게 남아 있는 시간은 짧다. 길은 산 속에 있는 것처럼 살아가라. 당신이 어디서든 우주를 하나의 국가로 생각하고 그 시민으로 살아간다면, 이곳에서 살든 저곳에서 살든 아무런 차이가 없기 때문이다. 사람들로 하여금 자연에 따라 살아가는 참된 인간을 보게 하고 알게 하라. 만일 당신이 그들의 말과 행동을 참을 수 없다면 차라리 그들로 하여금 당신을 죽이게 하라. 왜냐하면 그들처럼 사는 것보다 죽는 편이 더 낫기 때문이다.

16 '선한 인간이란 이러이러한 인간이다.' 라는 문제를 논의하는 일에 더 이상 시간을 낭비하지 말고 선한 인간이 되어라.

17 무한한 시간과 무한한 물질을 항상 기억하라. 무한한 물질에 비하면 각각의 사물은 한 알의 모래와 같고, 무한한 시간에 비하면 그 존재의 시간은 나사를 한 번 돌리는 정도에 지나지 않는다는 것을 항상 기억하라.

18 눈앞의 사물을 주의 깊게 관찰하고, 각각의 사물들이 분해되고 변화해 가고 있다는 것, 즉 부패하고 분산된다는 것을 이해하고, 만물은 죽기 위해 태어났다는 것을 기억하라.

19 그들이 먹고 자고 사랑하고 배설하고 그 밖의 유사한 행동을 할 때, 어떤 태도를 취하는지 생각해 보라. 그리고 권좌에 앉아 횡포를 부리고 오만해지며 격렬하게 화를 낼 때, 사람들을 지배하고 징벌할 때 어떤 태도를 취하는지 생각해 보라. 그들은 지금까지 얼마나 많은 사람들을 노예처럼 여겨왔으며, 또 무엇 때문에 그렇게 했고 곧 어떤 상태에 빠지게 될 것인가를 생각해 보라.

20 우주의 본성이 각각의 사물에게 부여하는 모든 것은 그 사물에게 유익한 것이며, 그것도 그 본성이 부여하는 바로 그때에 유익한 것이다.

21 '대지는 하늘에서 내리는 비를 좋아하며, 신성한 하늘은 비를 내려주기를 좋아한다.'(에우리피데스의 말을 인용) 즉 우주는 반드시 일어나야 할 것들을 실현하는 자신의 일을 사랑한다. 그러므로 나는 우주를 향해 이렇게 말한다. '당신이 사랑하는 것을 나도 또한 사랑한다.' 라고. 그리고 우리도 일반적으로 사용하는 말이 아닌가? '이러이러한 일이 일어나기를 바란다.' 라고.

22 당신이 이 세상을 살아가는 데 있어서 그것에 익숙해지든지, 그런 삶을 떠나 당신의 임의로 새로운 삶을 살든지, 죽음으로써 당신의 삶에 종지부를 찍든지, 이 세 가지 중 하나를 선택해야 한다. 그 밖의 다른 선택은 있을 수 없다. 그러므로 즐겁게 살아라.

23 이 세상 어느 곳에 있든지 당신은 항상 초원의 평화를 얻을 수 있다는 사실을 분명히 깨달아야 한다. 다시 말해, 지금 당신이 서 있는 곳에 있는 모든 것들은 산속이나 해변이나 그 밖에 당신

이 원하는 곳에 있는 것들과 같다는 것을 알아야 한다. 그러면 당신은 도시의 성벽 안에 살면서도 '산속에서 양의 젖을 짜며 살아가듯이' 라는 플라톤의 말이 사실임을 분명히 이해하게 될 것이다.

24 지금 나를 지배하는 이성은 나와 어떤 관계가 있는가? 나는 그것으로 무엇을 하고 있는가? 그것을 어떤 목적을 위해 사용하고 있는가? 그것은 예지가 결여되어 있지는 않는가? 그것은 사회생활로부터 동떨어지고 격리되어 있지는 않는가? 그것은 보잘것없는 육체에 흡수되고 혼합되어, 육체의 의지와 욕망에 따라 움직이고 있지는 않는가?

25 자신의 주인으로부터 도망치는 노예는 도망자이다. 법칙은 우리의 주인이며, 따라서 법칙을 위반하는 사람 또한 도망자이다. 만물을 지배하는 법칙, 즉 개개인에게 각기 해야 할 일을 할당해 주는 법칙에 따라 일어났던 일, 일어나고 있는 일, 앞으로 일어날 일들에 대해 탄식하거나 화를 내거나 두려워하는 사람은 그 법칙에 반대하는 사람이다. 따라서 탄식하거나 화를 내거나 두려워하는 사람은 도망자인 것이다.

26 남자는 여자의 자궁에 씨를 뿌리고 그곳을 떠난다. 그 이후로는 다른 힘이 그 일을 맡아 아기를 형성시키고 완성시킨다.

사소한 시작으로부터 생겨난 이 결과는 얼마나 놀라운 일인가! 그리고 그 아이는 목구멍을 통해 음식물을 삼킨다. 그러면 그 이후로는 다른 힘이 그 일을 맡아서 감각과 충동, 개체로서의 생명, 힘, 그 밖의 많은 것들을 만들어낸다. 이 얼마나 위대한 일인가!

따라서 당신은 눈에 보이지 않게 이루어지는 이상의 현상들을 생각해 보라. 그리고 그러한 일을 행하는 근원적인 힘을 파악하라. 그것은 마치 어떤 물체를 내려뜨리거나 던져 올리는 힘을 눈으로 볼 수는 없지만, 눈으로 보듯이 명백하게 느낄 수 있는 것과 마찬가지이다.

27 현재 있는 모든 것은 이전에도 있었으며, 또 앞으로도 마찬가지로 있으리라는 것을 명심하라. 당신의 경험과 역사를 통해 당신이 알고 있는 똑같은 광경들이 되풀이되고 있음을 상기해 보라. 예를 들면 하드리아누스의 궁전, 안토니누스의 궁전, 필리포스, 알렉산더, 크로이소스의 궁전을. 이들이 보여준 연극도 현재 우리가 보는 연극과 같지만, 다만 배우가 다를 뿐이다.

28 어떤 일에 대해 고통스러워하거나 불평하는 사람은 마치 도살장으로 끌려가면서 발버둥치고 비명을 지르는 돼지와도 같다. 또한 잠자리에서 혼자 아무 말 없이 인간이 운명에 의해 굴

레가 씌어져 있음을 슬퍼하는 자도 마찬가지이다. 세상에서 일어나는 일에 자신의 의지로 적응하는 능력은 오직 이성적 존재에게만 부여되어 있으며, 그 밖의 다른 존재들은 오로지 복종할 수밖에 없는 것이다.

29 당신의 행동 하나하나를 깊이 생각하고 스스로를 향해 '내가 죽음을 두려워하는 것은 죽으면 이 일을 하지 못하게 되기 때문인가?' 라고 물어보라.

30 다른 사람의 잘못 때문에 분노를 느낄 때에는 당신 자신을 돌이켜보고, 당신도 그러한 잘못을 저지르고 있지는 않은지 생각해 보라. 예컨대 돈이나 쾌락, 명성, 그 밖에 그와 같은 것들을 행복으로 생각하고 있지는 않는지 자신을 돌이켜보라. 그러면 '그는 어쩔 수 없이 그런 행동을 한 것이다. 그로서는 어쩔 수 없었던 일이 아닌가?' 라는 생각이 떠오르면서, 당신의 분노는 즉시 사라질 것이다. 만일 당신이 할 수 있다면 그가 잘못을 저지르게끔 강요하는 것을 없애주어라.

31 소크라테스학파의 사티론을 볼 때에는 에우티케스나 히멘을 생각하고, 유프라테스를 볼 때에는 에우티키온이나 실바누스를 생각하고, 알키프론을 볼 때에는 트로파이오포로스를 생각하고, 세베루스를 볼 때에는 크리톤이나 크세노폰을 생각하고, 자기 자신(아우렐리우스)을 볼 때에는 카이사르와 같은 황제들 중 누군가를 생각하라. 어떤 사람을 볼 때에는 그 사람과 비슷한 사람을 생각하라. 그리고 '그들은 지금 어디 있는가?' 라는 생각을 떠올려라. 그들은 어디에도 없거나 아니면 어디에도 있다.

이렇게 생각하면 당신은 항상 인생을 연기나 무(無)에 지나지 않는다고 생각하게 될 것이다. 특히 일단 변화한 것은 이미 영원히 존재하지 않는다는 것을 상기하면 더욱 그러하다. 그런데 어찌하여 당신의 짧은 인생을 품위 있게 살아가는 데 만족하지 못하고 안절부절못하는가?

당신은 얼마나 좋은 소재와 좋은 연구 과제를 놓치고 있는가? 이런 일들은 자연을 주의 깊고 정확하게 탐구하는 태도로써, 인생의 참모습을 주시하는 당신 이성의 훈련을 위한 소재이며 가능성이기 때문이다. 강한 위장이 모든 음식물을 소화하듯이, 강렬한 불길이 자기에게 던져진 모든 것을 불태워 그것들로 불길과 빛을 만들어내듯이, 당신이 거부하고 있는 모든 환경들이 당신 자신에게 친숙해지고 자연스러워질 때까지 그런 훈련을 계속하라.

32 어느 누구에게도 당신을 성실하지 않다거나 착하지 않다고 말할 권리를 주지 말라. 만일 누군가가 당신에 대해 그런 생각을 갖고 있다면, 그의 생각이 틀렸다는 것을 깨닫게 만들어라. 이 모든 것은 당신에게 달려 있다. 왜냐하면 당신이 성실해지고 착해지는 것을 방해할 수 있는 사람은 아무도 없기 때문이다. 만일 당신이 그런 인간이 될 수 없다면 더 이상 살지 않겠다고 결심하라. 당신이 그런 인간이 아닐 경우에는 이성도 당신이 계속해서 살아가는 것을 원하지 않을 것이기 때문이다.

33 처해 있는 환경 속에서 당신이 할 수 있는 최선의 행동이나 말은 무엇인가? 그것이 무엇이건 그것을 행동으로 옮기고 말로 표현하라. 방해 때문에 할 수 없다고 핑계대지 말라.

관능적인 인간에게 쾌락이 가장 중요하듯이, 당신에게는 당신의 생활환경 속에서 인간적 본성에 어울리는 태도로 행동하는 것이 가장 중요한 것이어야 한다. 그렇게 되기 전까지는 당신의 행동이 당신의 마음에 들지 않을 것이다. 왜냐하면 자신의 본성에 일치하는 모든 행위는 쾌락의 한 형태로 간주되어야 하며 그러면 당신은 어디에서라도 그런 태도로 행동할 수 있을 것이다.

둥근 돌이라 하더라도 마음대로 굴러다닐 힘을 항상 갖고 있는 것은 아니다. 물이나 불, 그 밖의 모든 자연 또는 이성이 없는 생명에게 지배되고 있는 것도 마찬가지이다. 왜냐하면 그런 사물들을 방해하는 장애물들은 너무도 많기 때문이다. 그러나 정신과 이성은 모든 장애물을 뚫고 그들의 본성에 따라 원하는 대로 나아갈 수 있다. 마치 불이 위로 치솟고, 돌이 아래로 떨어지고, 둥근 돌이 비탈 아래로 굴러 내리듯이, 이성은 모든 장애물을 쉽게 뚫고 만사를 처리하는 능력이 있다는 것을 잊지 말고 그 이상의 것은 아무것도 바라지 말라. 다른 장애물들은 시체와 다름없는 육체에 영향을 미칠 뿐이고, 우리가 장애물이라고 판단하지 않고 우리의 이성이 그것에 굴복하지 않는 한 우리를 파괴하지도 못하며, 우리에게 아무런 해를 주지 못하는 것들이다. 만약 그렇지 않다면 그러한 장애물들에 의해 방해를 받는 인간들은 즉시 악에 빠져버릴 것이다.

다른 동물들의 경우에는 어떤 해를 입게 되건 그 해의 희생물이 되어 더욱 나빠지지만, 인간의 경우에는 그가 만나는 역경들을 올바로 이용함으로써 보다 선해지고 보다 훌륭해질 수 있는 것이다.

그러므로 국가를 해치지 못하는 것은 결코 국민도 해칠 수 없으며, 법칙(질서)을 해치지 못하는 것은 결코 그 국가를 해칠 수 없다는 것을 명심하라. 사람들이 불행이라고 부르는 것은 결코 법칙에 해를 입히지 못하며, 따라서 국가나 국민에게도 해를 입히지 못하는 것이다.

34 참된 원칙이 마음속에 뿌리내리고 있는 사람은 널리 알려진 매우 간단한 교훈만으로 충분하다. 그리고 아무리 평범한 교훈이라도 그런 사람에게는 슬픔이나 두려움에서 해방시켜주는 영향을 미치게 된다. 예컨대 '바람에 흩날려 땅 위에 흩어지는 나뭇잎, 인간도 그 나뭇잎과 같도다.'(호메로스의 《일리아드》에서 인용) 당신의 자식들도 조그마한 나뭇잎과 같으며, 큰 소리로 칭찬하는 당신의 친구들, 저주를 퍼붓고 몰래 비난하고 조소하는 사람들도 또한 그러한 나뭇잎과 같다. 또 당신 사후의 명성을 계속해서 이어받는 후세 사람들도 나뭇잎과 같다. 왜냐하면 그들은 모두 봄이 오면 새싹이 돋아난다는 말과 같기 때문이다. 후에 바람이 새싹을 날려버려 그들을 떨어뜨려도, 그 자리에 그들 대신 또 다른 잎들이 돋아난다. 잠시 동안 존재했다가 사라지는 것은 만물의 공통된 운명이다. 그런데 당신은 마치 그러한 것들이 영원히 존속되는 것인 양 그것들을 추구하기도 하고 피하기도 한다. 머지않아 당신의 눈은 감길 것이다. 그리고 당신을 무덤으로 운반하는 사람도 이윽고 다른 사람들의 슬픔의 대상이 될 것이다.

35 건전한 눈이 해야 할 일은 보이는 것은 무엇이든지 보아야 하며, '나는 아름다운 색만 보기를 원한다.' 라고 투정을 부려서는 안 된다. 그것은 눈이 잘못된 사람이나 할 수 있는 말에 지나지 않기 때문이다. 마찬가지로 건전한 귀와 건전한 코도 들리는

것과 냄새나는 것을 모두 기꺼이 듣고 냄새 맡을 준비가 되어 있어야 한다. 그리고 건전한 위장은 마치 절구가 모든 곡식을 빻을 준비가 되어 있는 것처럼 모든 음식물을 소화시킬 준비가 되어 있어야 한다. 또한 건전한 정신도 모든 일을 적절히 처리할 준비가 되어 있어야 한다.

그런데 '나의 자식들을 지켜주소서.' 라든가, '내가 하는 모든 일에 대해 다른 사람들의 칭찬을 받게 해주소서.' 라고 말해서는 안 된다. 그러한 말을 하는 정신은 아름다운 색만을 요구하는 눈과 같으며, 씹기 편한 음식만 요구하는 치아와 같은 것이다.

36 죽어가는 순간, 자신에게 닥쳐오는 죽음을 기뻐하는 사람들에게 둘러싸여 있지 않은 사람처럼 행복한 사람은 없다. 설사 그가 덕이 있고 지혜로운 사람이었다 하더라도 그 최후의 순간에는 '우리는 이제 우리의 지배자로부터 벗어나게 됐군. 그는 우리들 중 아무에게도 심하게 대하지는 않았지만, 나는 그가 은근히 우리를 경멸하는 것을 느끼곤 했어.' 라고 마음속으로 중얼거리는 사람이 있을 것이다. 그들은 덕이 있는 사람들에게도 그렇게 말한다. 하물며 그렇지 못한 우리들의 경우에는, 우리의 죽음을 기뻐할 몇몇 사람들에게 우리들로부터 벗어나게 되는 것을 기뻐할 좋은 이유가 얼마나 많이 있겠는가!

죽음의 순간을 맞게 되었을 때는 '나는 그런 사람들이 살고 있는 세상을 떠나는 것이다. 그들을 위해 그토록 힘써 일하고, 기도하고, 마음을 썼는데도 그들은 나의 죽음으로 인한 어떤 이익을 기대하며 내가 죽기를 원하고 있다.' 라는 사실을 상기하라. 그러면 당신은 보다 평온한 마음으로 떠날 수 있을 것이다. 도대체 이러한 곳에서 더 오랫동안 머물러 있을 이유가 어디 있겠는가?

그렇다고 해서 당신이 떠날 때 그들에 대한 당신의 선의가 작아져서는 안 된다. 평상시 당신의 성품대로 친근하고 너그럽고 온화한 모습으로 떠나가라. 그리하여 그들 사이에서 마치 뿌리가 뽑혀 나가는 것처럼 떠나지 말고, 할 일을 다하고 평온하게 최후를 맞이하여 영혼이 육체에서 벗어나는 것처럼 떠나야 한다. 자연은 당신을 그들과 결합시켜 인연을 맺게 했으나, 이제 자연이 그 결합을 해체하는 것이기 때문이다. 그렇다, 나는 지금 가까운 사람들과 작별해야 하지만 저항하지도 않고 걱정을 품지도 않는다. 다만 평안한 마음으로 스스로 떠나가는 것이다. 왜냐하면 죽음도 자연의 한 과정이기 때문이다.

37 다른 사람의 모든 행위에 대해 '이 행위는 어떤 원칙에서 나온 것일까?' 라고 당신 자신에게 물어보는 습관을 갖도록 하라. 그러나 먼저 당신 자신의 행위부터 살피고 당신 자신을 돌아보라.

38 당신을 조종하는 것은 당신 내부의 깊은 곳에 숨어 있는 힘이라는 것을 기억하라. 그것은 말의 근원이고 생명의 원칙이며 인간 그 자체인 것이다. 그러나 당신을 담고 있는 그릇인 육체나, 육체의 주위에 붙어 있는 부분 등은 결코 그것에 포함시키지 말라. 왜냐하면 이런 것들은 일꾼의 도끼와 같은 것으로 당신의 부속품에 지나지 않기 때문이다. 이것들을 움직이거나 정지시키는 원동력이 없다면 아무 소용도 없게 된다. 그것은 마치 직조공이 없는 북처럼, 글 쓰는 사람이 없는 펜처럼, 마부가 없는 채찍처럼 아무 쓸모도 없는 것이기 때문이다.

제 11 장
영혼에 대하여

1 이성적 영혼은 자기 자신을 돌아보고, 자기 자신을 분석하며, 자기 자신을 원하는 대로 만들고 자기 자신이 맺는 열매를 수확한다. 그러나 식물의 열매나 동물들에 의해 생산되는 열매에 해당되는 것은 다른 것들에 의해 향유된다. 또한 이성적 영혼은 우리의 삶이 언제 예정된 한계에 이르더라도 항상 자신의 목적을 달성한다. 무용이나 연극 등의 경우에는 갑자기 중단되면 그 공연 전체가 불완전한 것이 되어버리지만, 이성적 영혼의 경우에는 언제 죽음에 의해 중단되더라도 눈앞에 닥친 임무를 완전히 수행하며, 따라서 '나는 내 목적을 완전히 달성했다.' 고 말할 수 있는 것이다.

또한 이성적 영혼은 온 우주와 우주를 둘러싼 허공을 마음대로 날아다니며 우주의 형태를 관찰할 수 있으며, 무한한 시간 속으로 뻗어나가 만물의 주기적 재생을 파악하고 이해할 수 있는 것이다. 따라서 이성적 영혼은 우리의 후손들도 새로운 것은 보지 못할 것이라는 것과 우리의 조상들도 우리보다 더 많은 것을 본 것은 아니며, 오히려 이해력이 있는 사람이라면 40세쯤 되면 과거의 모든 것과 미래의 모든 것을 본 셈이 되는 것이다. 왜냐하면 그것들은 현재의 것들과 동일하기 때문이다.

그리고 이성적 영혼은 이웃을 사랑하고 진실하며 겸손하고 무엇보다도 자기 자신을 존중하는 것 등의 특징을 갖고 있다. 이것들은 또한 법칙의 특성이기도 하다. 그러므로 올바른 이성의 원칙과 정의의 원칙은 동일한 것이다.

2 매혹적인 노래나 무용, 운동경기 등도 일단 그것들을 분해해 보면 대단한 것이 아니라는 것을 알게 될 것이다. 만일 당신이 몇 개의 매혹적인 노래의 선율을 각각의 소리로 분해한 다음, 하나하나에 대하여 '내가 이런 것들에 매혹되었단 말인가?' 라고 묻는다면 당신은 곧 그 노래들을 좋아하지 않게 될 것이다. 무용과 운동경기에 대해서도 하나하나의 동작과 자세에 대해서도 그런 식으로 분석해 보면 그것들도 마찬가지일 것이다.

요컨대 덕과 덕이 가져다주는 결과를 제외한 모든 사물을 하나하나의 구성 부분들로 분해하고 분석함으로써 그것들을 경시할 수 있다는 것을 항상 기억하라. 그리고 인생 전체에 대해서도 똑같은 방법을 적용하라.

3 언제 영혼이 육체로부터 풀려나 소멸되거나 분산되거나, 아니면 그대로 존속되더라도 기꺼이 받아들일 준비가 되어 있는 영혼은 얼마나 훌륭한 영혼인가. 그러나 이러한 각오는 인간 자신의 결정으로부터 나온 것이어야 하며, 그리스도 교도들처럼 단순히 복종하는 데서 나온 것이어서는 안 된다. 그것은 신중하고 엄숙해야 하며, 다른 사람들을 설득시키려면 가식적이어서는 안 된다.

4 '내가 지금 한 일은 사회에 유익한 일인가? 그렇다면 그것은 내게도 유익한 일이다.' 항상 이러한 생각을 떠올리고 간직하라.

5 당신이 해야 할 일은 무엇인가? 그것은 선한 인간이 되는 것이다. 그러기 위해서는 일반적인 원리를 존중하는 데서 출발해야 한다. 그 원리는 한편으로는 우주의 본성에 관한 것이고 다른 한편으로는 인간의 고유한 본질에 관한 것이다.

6 처음에 비극은 우리의 인생에서 일어나는 여러 가지 일들을 관객들에게 상기시켜주기 위해 공연되었다. 그리고 이러한 일들은 자연스럽게 일어나는 필연적인 사건이고, 우리가 극장의 무대 위에서 보고 즐거워했던 일들이 인생이라는 보다 큰 무대 위에서 일어나더라도 괴로워해서는 안 된다는 것을 보여주기 위해 생겨났다. 왜냐하면 인생의 무대 위에서 일어나는 일들도 극장의 무

대에서 보는 것과 같이 반드시 그렇게 일어나게끔 되어 있으며, '오, 키타이론이여!'(소포클레스의 《오이디푸스 왕》에서 인용된 말. 오이디푸스는 태어나자마자 키타이론 산에 버려졌으나 목자가 거두어 목숨을 건지고, 후에 친아버지를 죽이고 테베의 왕이 되어 친어머니를 아내로 맞이한다. 그는 자신이 저지른 죄를 깨닫고 자신의 눈알을 뽑으며 '오, 키타이론이여! 어찌하여 내 목숨을 구했는가!' 라고 외치며 울부짖었다.)라고 절규하는 사람들조차도 역시 그들에게 닥친 일들을 참고 견뎌내야 하기 때문이다.

더구나 비극 작가들은 좋은 말을 많이 남겨놓았다.

'만일 신들이 나와 나의 두 아들을 버리신다면, 거기에는 반드시 그럴 만한 이유가 있을 것이다.'(에우리피데스로부터 인용)

'당신에게 무슨 일이 일어나든 화를 내지 말라.'(에우리피데스로부터 인용)

'곡식의 이삭처럼, 인생은 거두어들여지는 것이다.'(에우리피데스로부터 인용) 등과 같은 유익한 말들이 많이 있다.

비극 이후에는 고대 희극이 연출되었으며, 고대 희극은 언어를 자유분방하고 솔직하게 표현하였다. 언어의 자유분방함은 교육적 가치를 지니고 있었으며, 솔직한 표현은 고대 희극을 보는 사람들로 하여금 오만함과 사악함이 어떤 것인지를 상기시켜주었다. 디오게네스도 또한 똑같은 목적을 위해 이들 작가들에 의해 인용되었다. 그러나 그 이후에 생겨난 중세의 희극과 근대의 희극이 어떤 목적으로 공연되었는가를 살펴보라. 근대의 희극은 차츰 단순한 광대극으로 타락해 버렸다. 그러나 이 작가들도 우리가 알고 있는 바와 같이 몇몇 유익한 말들을 남긴 것은 사실이다. 그런데 이러한 시나 극작은 결국 어떤 효과를 노리고 있는 것일까?

7 당신이 철학을 하는데 있어서 당신이 처해 있는 지금의 생활 조건보다 더 적합한 상태는 없다. 당신은 이 사실을 분명히 알고 있지 않은가!

8 옆의 가지에서 잘려나간 가지는 그 나무 전체에서 잘려나가지 않을 수 없는 것이다. 이와 마찬가지로 이웃 사람들로부터 등을 돌리게 되면, 사회 전체에서 격리된 것이다. 그러나 나뭇가지의 경우에는 어떤 외부적인 원인에 의해 잘려나가지만 인간의 경우에는 이웃 사람들을 미워하고 싫어함으로써 자기 자신을 이웃들로부터 격리시킨다. 그런데 그는 자기가 그렇게 함으로써 공동 사회 전체로부터 격리된 것을 알지 못한다.

여기서 우리는 인간 사회를 만드신 제우스신의 은혜에 대하여 생각해야 한다. 그 덕분에 우리는 다시 이웃과 하나가 되어 사회 전체의 완성을 돕는 자가 될 수 있다. 그러나 이러한 분리가 자주 일어나면, 분리된 부분은 다시 결합되어도 본래대로 복귀되기가 어려워지는 것이다. 정원사들의 말처럼 처음부터 나무와 함께 성장하고 나무와 함께 살아온 나뭇가지는, 절단되었다가 다시 붙여진 가지와는 다르다. 그러한 나뭇가지는 그 나무의 가지이기는 하지만, 마음은 그 나무와 함께 하지 않기 때문이다. 그러므로 같은 줄기에서 함께 성장하라. 이 말은 인간에게도 해당되는 말이다.

9 당신이 올바른 이성에 따르는 것을 방해하는 사람들도 당신을 건전한 행위로부터 이탈시킬 수는 없다. 그들은 또한 그들에 대한 당신의 관대함을 파괴시킬 수 없음을 명심하라. 그러므로 다음 두 가지 점에 주의하라. 즉 당신의 판단과 행위는 확고해야 하며, 동시에 당신이 가는 길을 방해하는 사람들과 당신을 화나게 하는 사람들에 대한 관대함을 잃지 않도록 노력하라. 왜냐하면 그들에게 화를 내는 것은 두려운 나머지 당신의 행동 방향을 빗나가게 하고 굴복하는 것과 같은 약점을 드러내기 때문이다. 자신의 행위를 포기하고 두려움에 굴복하거나, 동족과 친구들에게서 등을 돌리는 사람은 모두 도망자인 것이다.

10 모든 자연의 형태는 어떠한 기술보다 우월하다. 왜냐하면 모든 기술은 자연을 모방하는 것에 지나지 않기 때문이다. 그러므로 가장 완전하고 가장 포용력 있는 최고의 자연이 기술자들의 기교에 뒤떨어질 리는 없는 것이다.

그러나 모든 기술은 우월한 자를 위해 열등한 사물을 만드는 것이다. 그 점은 자연의 경우에도 마찬가지이다. 여기에 정의의 근원이 있으며 모든 덕들은 이것에서 나오는 것이다. 왜냐하면 만일 우리가 무가치한 것들에 몰두하거나 속아 넘어가기 쉽고 제멋대로이며 잘 변한다면, 정의는 유지되지 않을 것이기 때문이다.

11 사물들이 당신에게 다가오지 않아도, 당신은 이것을 추구하거나 회피함으로써 스스로를 괴롭힌다. 그러나 어떤 의미에서는 당신이 그것들에게 다가가는 것이다. 그러므로 그것들에 대한 당신의 판단을 억제하라. 그러면 그것들도 조용히 머물러 있을 것이며, 따라서 당신이 그것들을 추구하거나 회피하는 모습도 남의 눈에 띄지 않게 될 것이다.

12 영혼이 외부의 어떤 사물을 향해 뻗어나가거나 움츠러들지 않고, 흩어지거나 가라앉지도 않으면서, 모든 사물과 자기 자신의 참모습을 비춰주는 빛 속에 있다면, 그 영혼의 모습은 본연의 형태인 완전한 원형을 유지할 것이다.

13 당신을 경멸하는 사람이 있는가? 그렇다 하더라도 그것은 당신이 상관할 일이 아니다. 당신이 신경 써야 할 일은 경멸받을 만한 행동이나 말을 하지 않도록 주의하는 일이다. 당신을 증

오하는 사람이 있는가? 그것도 또한 당신이 상관할 일이 아니다. 당신이 신경 써야 할 일은 모든 사람들에게 친절하고 너그럽게 대하는 것과 당신을 증오하는 사람에게 그의 잘못된 점을 기꺼이 가르쳐주는 것이다. 그러나 그를 비난하거나 당신의 너그러움을 과시하기 위한 태도를 보여서는 안 된다. 다만 솔직하고 친절하게, 저 유명한 포키온(아테네의 장군이며 웅변가. 변절자라는 비난을 받고 민중들에 의해 죽임을 당했다. 그때 민중들이 그에게 '마지막 할 말이 있는가?' 라고 묻자, 그는 '그래도 나는 아테네인들을 원망하지 않는다.' 라고 대답했다.)과 같은 태도—만일 그에게 가식이 없었다면—를 취해야 한다.

그것이야말로 인간이 내부에 지녀야 할 올바른 영혼이며, 인간은 어떤 일에 대해서도 화를 내거나 불평하는 태도를 신들 앞에 보여서는 안 된다. 만일 당신이 공익을 위한 일을 성취하기 위해 노력하는 사람으로서 당신의 본성에 따라 행동하고 현재 당신에게 닥친 일을 우주의 본성에 일치하는 것으로 받아들인다면, 어떤 악도 당신을 해치지 못할 것이다.

14 사람들은 서로를 경멸하면서도 서로에게 아첨한다. 사람들은 서로를 이기려 하면서도 서로에게 허리를 굽힌다.

15 어떤 사람이 '나는 당신에게 솔직하게 행동하기로 결심했다.' 라고 말한다면, 그 말이 얼마나 공허하고 불성실하게 들리겠는가. 친구여! 당신은 무슨 짓을 하고 있는가? 당신은 미리부터 그런 말을 할 필요가 없다. 진실은 스스로 밝혀지는 것이다. 그런 말을 이마에 써 붙이고 다닐 필요는 없다. 진실은 당신의 음성에 나타나며, 마치 자신을 사랑하는 사람의 눈빛에서 자신이 사랑받고 있음을 알 수 있듯이 당신의 눈빛에 나타난다.

진실하고 선한 사람은 고유의 향기를 지니고 있어서, 그에게 다가가는 사람은 원하든 원치 않든 그 미덕의 향기를 맡게 마련이다. 그것은 마치 불결한 사람들에게 다가갈 때 그들에게서 풍겨나는 악취를 바로 느끼게 되는 것과 마찬가지이다. 위장된 진실은 숨겨진 칼과 같다. 늑대의 우정(《이솝 우화》에 나오는 이야기)보다 더 추악한 것은 없다. 이런 우정은 반드시 피하라. 참으로 선하고 성실하며 친절한 사람은 자신의 특징이 눈에 나타나며, 누구나 그러한 특징들을 알아차리게 마련이다.

16 가치가 없는 사물들에 무관심한 사람은 마지막 순간까지 선한 삶을 살아갈 수 있는 힘을 지니고 있는 것이다. 모든 사물을 하나하나 그 구성 요소들로 분석해 보거나 종합하여 이해하고, 모든 사물들은 우리의 내부에 자기에 대한 아무런 견해도 형성하지

못하며 어떠한 판단도 우리에게 강요하지 않는다는 것을 명심하라.

이 사물들은 그냥 가만히 있을 뿐이며, 그것들에 대해 판단을 내리고 그 판단들을 우리의 마음속에 새겨 넣는 것은 우리들 자신인 것이다. 또한 그러한 판단들을 마음속에 새겨 넣지 않는 것도 우리의 자유이며, 또 우리도 모르는 사이에 그러한 판단들이 우리의 마음속으로 스며들어왔을 경우에도 그것들을 없애버리는 것 또한 우리의 자유이다.

그리고 또 기억해야 하는 것은, 우리가 그런 것들에 주의를 기울이는 것도 잠시 동안이며, 머지않아 인생은 끝나버린다는 것을 명심하라. 그러므로 사물들이 당신의 마음에 들지 않는다 하더라도 불만을 품지 말라. 만일 그것들이 자연과 일치하는 것이라면 기꺼이 그것들을 받아들이고 불평하지 말라. 만일 그것들이 자연에 어긋나는 것이라면 당신의 본성에 일치하는 것을 찾아내어 그것을 향해 최선을 다하라. 왜냐하면 인간이 자신의 선을 추구하는 것은 항상 정당한 일이기 때문이다.

17 각각의 사물들은 어디서 생겨났고, 어떤 것으로 구성되어 있으며, 무엇으로 변화하고, 변화한 다음에는 어떻게 되는가를 깊이 생각해 보라. 그리고 그러한 변화는 사물에게 어떤 해도 끼치지 않는다는 것을 명심하라.

18 첫째, 나는 다른 사람들과 밀접한 관계에 있음을 기억하라. 즉 우리는 모두 서로를 위해 태어났으며, 나는 마치 양 떼를 보호하는 어미 양처럼, 소 떼를 보호하는 황소처럼 사람들을 보호하기 위해 태어났다는 것을 기억하라. 제1원칙을 돌이켜보라. 만일 세계가 단순한 원자들의 집합이 아니라면 세계는 자연에 의해 지배되고 있음에 틀림없으며, 그 경우 보다 낮은 존재들은 보다 높은 존재들을 위해 존재하며, 보다 높은 존재들은 서로를 위해 존재하는 것이다.

둘째, 그들이 식사를 할 때나 잠자리에 들었을 때, 그리고 그 밖의 경우에 어떻게 행동하는지를 생각해 보라. 특히 그들로 하여금 그러한 행동을 하게 하는 사고방식은 어떤 것이며, 어떤 자만심 때문에 그렇게 행동하는가를 생각해 보라.

셋째, 만일 그들의 행위가 올바른 것이라면 당신은 화를 내서는 안 된다. 만일 그들의 행위가 그릇된 것이라면 그들은 본의 아니게 자기도 모르는 사이에 그러한 행위를 한 것임이 분명하다. 왜냐하면 스스로 진리를 빼앗기고자 하는 영혼은 결코 없기 때문이다. 즉 그들은 사람들로부터 정의롭지 못한 사람이라든가 냉혹한 사람이라든가 탐욕스러운 사람이라고 불리기를, 다시 말해 이웃들에게 나쁜 짓을 하는 사람이라고 불리기를 싫어하기 때문이다.

넷째, 당신도 많은 잘못을 저지르며, 따라서 그들과 조금도 다를 바가 없다는 것을 명심하라. 설사 당신이 어떤 잘못을 저지르는 것을 억제한다 하더라도 잘못을 저지를 가능성은 내재되어 있다. 비록 당신이 비겁하거나 혹은 명성을 사랑하기 때문에, 아니면 그와 비슷한 잘못된 이유로 인해서 그러한 잘못을 저지르지 않았다 하더라도 마찬가지이다.

다섯째, 당신은 그들이 잘못을 저질렀다고 확신할 수 없다는 것을 명심하라. 왜냐하면 인간이 행동하는 동기와 겉으로 보이는 것이 항상 일치하는 것은 아니기 때문이다. 대체로 인간은 다른 사람의 행위에 대해서 많은 것들을 알고 나서야 그 행위에 대해서 올바른 판단을 할 수 있는 것이다.

여섯째, 극도로 화가 나서 도저히 참을 수 없을 때에는 인생은 잠깐 동안 지속될 뿐이며, 잠시 후 우리는 모두 무덤 속에 눕혀질 것이라는 것을 상기하라.

일곱째, 우리를 괴롭히는 것은 그들의 행위가 아니라 그들의 행위에 대한 우리의 생각이라는 사실을 명심하라. 왜냐하면 그들의 행위는 그들을 지배하는 이성이 관여해야 할 일이기 때문이다. 그들의 행위에 대한 당신의 생각과 판단을 없애라. 그러면 당신의 분노는 사라질 것이다. 그렇다면 그러한 생각과 판단을 어떻게 없애야 하는가? 그것은 그들의 행동으로 인해 당신이 조금도 부끄러워할 필요가 없다고 생각하면 가능하다. 왜냐하면 만일 수치가 악이 아니라면 당신도 많은 잘못을 저질렀을 것이며, 강도나 극악무도한 사람이 되었을지도 모르기 때문이다.

여덟째, 우리를 화나게 하고 괴롭히는 그들의 행위 그 자체보다도, 그러한 행위에 대한 우리의 분노와 괴로움이 훨씬 더 견디기 어려운 것이다.

아홉째, 친절은 그것이 악의나 위선이 아닌 순수한 경우에 무엇보다도 강하다. 왜냐하면 아무리 무례한 사람이라 할지라도, 만일 당신이 그를 항상 친절하게 대하고 기회가 있을 때마다 온화한 태도로 그에게 충고해 주며, 그가 당신을 해치고자 할 때에는 침착한 태도로 '친구여! 우리는 그런 짓을 하기 위해 태어난 것이 아니네. 자네의 그러한 행위로 인해 해를 입는 것은 내가 아니라 바로 자네 자신이야.' 라고 타일러 그의 생각을 바꾸게 한다면, 그도 어쩔 수 없을 것이다. 꿀벌이나 집단생활을 하도록 태어난 어떤 동물도 그러한 행위는 하지 않는다는 것을 정중한 태도로 일깨워주라. 그러나 냉소적인 태도나 비난하는 태도로 말해서는 안 되며, 원한이 없는 애정 어린 태도로 일깨워주어야 한다. 훈계하는 태도로 말해서는 안 되며, 사람들의 칭찬을 받을 목적으로 그렇게 해서도 안 된다. 설사 주위에 다른 사람들이 있다 하더라도, 오직 그 사람만을 위해 이야기해야 한다.

이상의 아홉 가지 교훈을 뮤즈의 아홉 여신들로부터 받은 선물처럼 마음속에 간직하라. 그리고 당신이 살아 있는 동안 인간이 되기를 시작하라. 사람들에 대해 화를 내지 않도록 주의하라. 그리고 사람들에게 아첨하지 않도록 주의하라. 둘 다 반(反)사회적인 행위이며, 화를 불러일으킨다. 화가 날 때에는 격한 감정을 나타내는 것이 남자다운 행동이 아니라, 온화하고 평온한 감정을 지니는 것이 보다 인간다운 행동이며 보다 남자다운 행동이라는 것, 즉 강함과 용기와 남자다움을 입증한 사람은 화를 내거나 불만을 품고 있는 사람이 아니라 온화한 사람이라는 것을 항상 기억하라. 성품이 침착하면 침착할수록 그는 그만큼 강인한 사람인 것이다. 슬퍼하는 것이 약함의 표시인 것처럼 화를 내는 것 또한 약함의 표시인 것이다. 슬퍼하는 것과 화를 내는 것은 상처를 입었음을 나타내는 것이며, 상처에 굴복했음을 나타내는 것이다.

그리고 당신이 원한다면 뮤즈 여신들의 지배자 아폴로신이 주는 열 번째 선물 역시 받아들여라. 그것은 '열등한 사람들이 그릇된 행위를 하지 않기를 바라는 것은 어리석은 짓' 이라는 것이다. 왜냐하면 그것은 불가능한 일을 원하는 것이기 때문이다. 그런 사람들이 다른 사람들에게 그릇된 행동을 저지르는 것은 인정하면서도, 그들이 당신에게 그릇된 행동을 저지르지 않기를 바라는 것은 비이성적인 일이며 독단적인 일일 것이다.

19 당신을 지배하는 영혼이 범하기 쉬운 네 가지 과오가 있다. 당신의 영혼이 그 네 가지 과오를 범하지 않도록 끊임없이 주의를 기울여라. 그 네 가지 과오를 발견하게 되면 각각에게 '이것은 불필요한 생각이다.' '이것은 반사회적인 생각이다.' '이 생각

은 나의 진정한 자아의 목소리가 아니다.' 라고 말함으로써 즉시 그 과오들을 제거하라. 당신의 참된 감정이 아닌 다른 것을 말하는 것은 가장 어리석은 짓이기 때문이다. 네 번째 과오는 당신으로 하여금 당신 자신을 책망하게 하는 것으로, 그것은 당신 자신의 보다 신성한 부분(이성)이, 가장 비천하고 곧 죽게 될 부분, 곧 육체와 그 천한 쾌락에 압도되어 굴복한 경우이다.

20 당신을 구성하고 있는 것들 중에서 공기나 불의 성질을 띤 원소는 본질적으로 위로 향하는 것임에도 불구하고, 우주의 명령에 복종하여 당신의 육체라는 혼합물 속에 속박되어 있다. 또한 흙의 성질을 띤 부분과 물의 성질을 띤 원소의 본질적인 성향은 아래로 향하는 것임에도 불구하고, 위로 올라와 자연에 어긋나는 부자연스러운 위치에 놓여 있다. 이와 같이 원소들조차도 우주의 법칙에 복종하여 어떤 위치를 할당받으면, 우주로부터 해체의 신호가 올 때까지 그곳에 강제로 머물러 있는 것이다.

그렇게 볼 때, 당신의 지적인 부분만이 반항하고 할당받은 위치에 대해 불만을 품고 있다는 것은 우스운 일이 아닌가? 더구나 당신의 지적인 부분에는 어떠한 강제도 가해지지 않고 당신 지성의 본성에 일치하는 힘들만 작용하고 있는 것이다. 그럼에도 불구하고 견디지 못하고 반대 방향으로 향하고 있는 것이다. 그릇된 행위, 방탕한 행위, 분노, 슬픔, 공포 등으로 향하는 성향은 자연으로부터 스스로를 분리시키는 성향이 아닌가? 당신을 지배하는 이성이 어떤 일에 대해서 분개할 때에는 자기의 위치에서 이탈하는 것이 된다. 왜냐하면 당신의 이성은 정의를 위해서 뿐만 아니라 신을 공경해야 하기 때문이다. 후자는 사물의 본성에 포함되어 있으며 정의의 실천보다 먼저 존재하였다.

21 일생을 통해 항상 동일한 인생 목적을 갖고 있지 못한 사람은 항상 동일한 인간일 수 없다. 그러나 이 말에 '인생의 목적은 이러이러한 것이어야 한다.' 라는 말이 덧붙여지지 않으면 그 말은 충분하지 못하다. 일반적으로 선이라고 여겨지는 것들에 대해서는 사람들의 견해는 일치하지 않지만, 그 중 어떤 종류의 선, 즉 공익을 위한 선에 대해서만은 모든 사람들의 견해가 일치한다. 그러므로 우리가 지녀야 할 인생의 목적은 사회적인 것이어야 하며, 공익과 일치하는 것이어야 한다. 자신의 모든 노력을 이 목적을 위해 기울이는 사람은 모든 행위를 함에 있어서 한결같을 것이며, 따라서 그는 항상 동일한 인간이 될 것이다.

22 시골 쥐와 도시 쥐를 생각해 보라. 그리고 시골 쥐의 공포와 당황을 생각해 보라.

23 소크라테스는 대중이 신뢰하는 의견을 '라미아'(사람의 고기를 먹는다는 가공의 괴물)라고 불렀는데, 그것은 어린이들로 하여금 놀라 그것들로부터 달아나게 하기 위해서였다.

24 스파르타인들은 공식 행사 때 외국인들을 위해 그늘에 자리를 마련해 주었고, 본인들은 아무 곳에나 앉았다.

25 소크라테스는 페르디카스(마케도니아의 왕)의 초대에 대해 '나는 최악의 죽음을 원치 않는다.' 라는 이유로 거절했다. 그 말은 '나는 보답할 수 없는 호의를 받아들이기를 원치 않는다.' 라는 뜻이다.

26 에페소스인들의 기록에는 '덕을 실천했던 선조들 중 몇몇을 항상 마음에 새겨라.' 라는 가르침이 실려 있다.

27 피타고라스학파의 사람들은 매일 아침 하늘을 바라보라는 규칙이 있었다. 그것은 항상 동일한 법칙에 따라 동일한 방법으로 자기가 해야 할 일을 행하고 있는 천체를 보고, 그들의 순수함과 꾸밈없음을 상기하기 위해서였다. 왜냐하면 별은 아무런 베일도 걸치지 않고 있기 때문이다.

28 크산티페(소크라테스의 아내)가 소크라테스의 겉옷을 가지고 나가버렸을 때, 양가죽을 걸친 소크라테스의 모습을 상상해 보라. 그리고 그러한 모습의 소크라테스를 보고 당황하여 달아나려고 하는 친구들에게 소크라테스가 한 말을 상상해 보라.

29 읽기와 쓰기를 배우지 않고서는 읽기와 쓰기의 대가(大家)가 될 수 없다. 하물며 인생의 경우에야 더욱 그러하지 않겠는가.

30 '당신은 노예로 태어났으므로 이유를 붙여서는 안 된다.'

31 '……그래서 나는 마음속으로 웃고 있었다.'

32 '그들은 덕을 비난하고, 덕에게 심한 욕설을 퍼부을 것이다.'

33 겨울에 무화과 열매를 찾는 사람은 미친 사람이다. 이미 죽은 자식을 찾는 사람도 또한 마찬가지이다.

34 에픽테토스는 이렇게 말하였다.

"당신의 자식을 애무할 때, 당신은 마음속으로 '나의 아이는 내일 죽을지도 모른다.' 라고 말해야 한다."

그러자 사람들은 그에게 말하였다.

"그런 불길한 말을 하다니!"

그러자 그가 다시 말하였다.

"그것은 조금도 불길한 말이 아니다. 그것은 자연의 한 과정을 의미하는 말일 뿐이다. 그렇다면 무르익은 곡식을 거둬들인다는 말도 불길한 말이 아니겠는가?"

35 익지 않은 포도, 잘 익은 포도, 말라빠진 포도—이러한 과정들은 모두 변화이다. 그러나 그것은 무(無)로의 변화가 아니라 지금까지 없던 새로운 것으로의 변화이다.

36 에픽테토스의 말처럼, 아무도 당신에게서 자유 의지를 강탈할 수는 없다.

37 그는 말하였다. '우리는 동의하는 기술을 발견해야 한다. 그리고 우리의 욕구는 적당한 제약을 받아 공익에 유용하고, 대상물의 가치에 상응하는 것이 되도록 주의를 기울여야 한다. 또한 우리는 항상 모든 욕망에서 벗어나야 하며, 우리의 의지에 속해 있지 않은 것들을 추구해서는 안 된다.

38 문제는 하찮은 주제가 아니라, 우리가 미쳤는가 아니면 건전한가 하는 것이다.

39 소크라테스는 늘 이런 대화를 하였다.

"당신은 어느 쪽을 원하는가? 이성적 존재의 영혼을 갖기를 원하는가, 아니면 이성이 없는 동물의 영혼을 갖기를 원하는가?"

"이성적인 존재의 영혼을 갖기를 원합니다."

"그렇다면 어떤 이성적 존재의 영혼을 원하는가, 건전한 이성적 존재의 영혼인가, 아니면 불건전한 이성적 존재의 영혼인가?"

"건전한 이성적 존재의 영혼입니다."

"그렇다면 어찌하여 당신은 그러한 영혼을 소유하려고 노력하지 않는가?"

"이미 우리는 그러한 영혼을 소유하고 있기 때문입니다."

"그렇다면 어찌하여 당신은 싸우고 말다툼을 하는가?"

제 12 장
도덕적 삶에 대하여

1 당신이 도달하려고 하는 목적은 우여곡절을 겪는다 하더라도 당신이 스스로 거부하지만 않는다면 지금 당장이라도 도달할 수 있다. 과거에 대한 모든 생각을 버리고, 미래를 신들의 섭리에 맡기고, 경건하고 정의롭게 오직 현재에 충실하라. 경건의 길로 향해야 하는 이유는, 당신의 운명을 기꺼이 받아들일 수 있도록 하기 위해서이다. 왜냐하면 자연은 당신의 운명을 당신에게 가져다주었으며, 또한 당신을 당신의 운명에게 인도했기 때문이다. 그리고 정의의 길로 향해야 하는 이유는 망설이지 않고 자유롭게 진리를 말하고, 법칙에 일치하는 것, 가치 있는 것들을 행할 수 있도록 하기 위함이다. 다른 사람의 사악함, 의견이나 평판에 구애되지 말라. 그리고 당신을 둘러싼 육체의 감각에 좌우되지도 말라. 육체가 느끼는 감각은 육체의 일로 내버려두어라.

당신이 삶을 떠나야 할 때가 가까워지고 있다. 만일 당신이 다른 모든 것들을 경시하고 오직 당신을 지배하는 이성과 당신 내부에 있는 신성만을 존중하며, 삶이 중단되는 것을 두려워하지 않고 자연에 따르는 삶을 시작하지 못함을 두려워한다면, 당신은 당신을 창조한 우주에 적합한 인간이 될 것이며, 당신 조국의 이방인이 되지 않을 것이다. 또한 매일매일 일어나는 예기치 못한 일들로 인해 놀라서 이 사람 저 사람에게 의존하지 않아도 될 것이다.

2 신은 모든 인간의 정신을 그 물질적인 외양이나 껍질, 또는 불순물이 제거된 상태에서 관찰한다. 왜냐하면 신은 오직 예지를 통해서만 작용하며, 오직 자신에게서 흘러나와 인간의 육신에 흘러들어간 이성과 접촉하기 때문이다. 만일 당신도 신처럼 육신을 무시한다면 당신을 둘러싸고 있는 걱정거리로부터 풀려날 것이다. 왜냐하면 자신을 둘러싸고 있는 보잘것없는 육신을 무시하는 사람은 옷이나 집, 명성, 그 밖의 외부적인 사치 때문에 괴로워하는 일은 없을 것이기 때문이다.

3 당신은 육체와 호흡(생명)과 이성, 이 세 부분으로 이루어져 있다. 이들 중 육체와 호흡은 당신이 돌봐야 한다는 의미에서 당신의 것이다. 그러나 참된 의미에서의 당신 것은 이성뿐이다.

그러므로 당신 자신으로부터, 즉 당신의 이성으로부터 다른 사람들이 행하고 말하는 모든 것, 당신이 행하고 말한 모든 것, 당신의 마음을 어지럽히는 미래에 대한 모든 걱정, 당신을 둘러싸고 있는 육체 및 육체와 결부되어 있는 호흡에서 생겨나서 당신의 의지와는 상관없이 당신에게 속해 있는 것들, 당신 주위의 모든 소용돌이를 제거한다면, 당신의 이성은 운명의 굴레로부터 벗어날 것이며, 순수하고 자유로워질 것이며, 올바른 일을 행하며, 그 본연의 삶을 살게 될 것이며, 일어나는 모든 일을 기꺼이 받아들이고, 참된 것을 말하게 될 것이다.

만일 당신을 지배하는 이성으로부터 욕정에서 비롯되는 모든 것과, 미래의 과거에 속한 것을 모두 제거한다면 엠페도클레스가 말하는 '자신이 둥글다는 것을 즐기는 완전한 구' 처럼 자기를 만들게 될 것이다. 오직 당신이 살고 있는 현재의 삶만을 살아가라. 그러면 당신은 죽음의 순간까지 평온과 선의 속에서, 그리고 당신의 내부에 있는 신성과 화목하게 지내며 살아갈 수 있을 것이다.

4 사람들은 누구나 자기 자신을 다른 누구보다도 존중하면서도, 자신에 대한 평가에 있어서 자신의 의견을 남의 의견보다 존중하지 않는 것을 보고 나는 때때로 기이하게 여기곤 했다. 만일 신이나 현명한 스승이 어떤 사람에게 다가와, 떠오르는 생각들을 모두 생각나는 대로 큰 소리로 말하라고 명령했다면, 그는 단 하루도 견디지 못할 것이다. 이와 같이 우리는 우리들 자신의 판단보다 우리 이웃들의 판단을 더 존중하는 것이다.

5 만물을 그토록 훌륭하게 만들고 인간에 대한 깊은 애정을 갖고 있는 신들이, 어찌하여 이 한 가지를 간과했을까? 즉 어찌하여 신들은 어떤 사람들, 특히 매우 선한 사람들 중 몇몇 사람, 신들과 가장 훌륭한 관계를 맺고 있는 사람들, 많은 경건한 행위와 많은 신성한 의식들을 통해 신성과 친숙해진 사람들이 죽었을 때 다시 태어나지 않고 완전히 사라져버리는 것을 간과했을까?

그러나 만일 이것이 사실이라면, 우리가 확신해야 할 일은 신은 다른 방법이 있었더라면 반드시 그 방법을 택했을 것이다. 만일 그것이 정당한 일이었다면 그렇게 되었을 것이며, 만일 그것이 자연에 일치하는 일이었다면 자연은 그렇게 만들었을 것이기 때문이다. 그러나 올바른 일도 자연에 합당한 일도 아니었기 때문에 사실은 그와 같이 되지 않았다면, 당신은 가장 착한 사람들도 완전히 사라져버리는 것은 어찌할 수 없는 일이라고 확신하라.

당신은 지금 이 문제로 신들에게 항변하고 있음을 알라. 만일 신들이 그토록 선하고 정의롭지 않다면 신들에게 항변할 필요도 없을 것이다. 그러나 신들이 선하고 정의롭다면 신들은 우주의 어느 것도 부당하게 그리고 불합리하게 무시되는 것을 간과했을 리가 없는 것이다.

6 자기가 도저히 감당할 수 없다고 생각되는 일이라도 연습을 게을리하지 말라. 왼손은 말고삐를 잡는 일 이외의 일들에는

익숙하지 않지만, 오른손보다 말고삐를 더 단단히 잡는다. 그것은 왼손이 그 일에 익숙해졌기 때문이다.

7 죽음에 이르게 되면 당신의 육체와 영혼은 어떻게 될 것인가를 생각해 보라. 인생의 짧음과 과거와 미래로 뻗은 시간의 심연, 그리고 모든 물질의 덧없음을 생각해 보라.

8 겉껍질이 제거된 적나라한 사물의 형상인(形相因)을 관찰하라. 그리고 모든 행동의 목적이 무엇인가를 검토해 보라. 고통, 쾌락, 죽음, 명예의 본질을 관찰하라. 인간은 누구 때문에 불안해 하는가? 인간의 고통은 다른 사람들로부터 오는 것이 아니라 모든 것이 자신의 주관(主觀)에서 생겨난 것임을 주시하라.

9 당신의 원칙들을 실천함에 있어서는 검투사(劍鬪士)처럼 할 것이 아니라 씨름꾼처럼 행하라. 왜냐하면 검투사는 칼을 떨어뜨리면 죽음을 당하게 되지만, 씨름꾼은 항상 자기 손을 사용하면 그만이기 때문이다.

10 사물의 본질은 무엇인가? 그 소재와 원인과 목적으로 구분하여 생각해 보라.

11 신이 허락하는 것만을 행하고, 신이 당신에게 할당해 준 모든 것을 받아들이기만 하면 되는 것이다. 신은 인간에게 얼마나 큰 특권을 주셨는가!

12 자연에 따라 일어나는 일들에 대해서 신들을 비난해서는 안 된다. 왜냐하면 신들은 의식적이건 무의식적이건 잘못을 저지르는 일이 없기 때문이다. 또한 사람들을 비난해서도 안 된다. 왜냐하면 인간은 무의식적이 아니면 잘못을 저지르지 않기 때문이다. 따라서 그 누구도 비난해서는 안 된다.

13 자신의 인생에서 일어나는 어떤 일에 놀라는 사람은 얼마나 우스꽝스러운 인간인가? 그는 우주 속의 이방인이다.

14 숙명적 필연이며 불가침의 법칙인가, 아니면 자비로운 신의 섭리인가, 아니면 목적도 없고 지배자도 없는 혼돈인가. 만일 숙명적 필연이라면 어찌하여 당신은 그 숙명적 필연에 반항하는가? 만일 자비로운 신의 섭리라면 신의 도움을 받기에 합당한 자가 되도록 노력하라. 만일 목적도 지배자도 없는 혼돈이라면 당신에게 방향을 지시해 주는 이성이 있음을 기뻐하라. 만일 파도가 당신을 덮친다면, 당신의 육체와 숨결 그리고 그 밖의 것들을 쓸어가게 하라. 그러나 당신의 이성만은 빼앗아가지 못할 것이다.

15 램프의 불은 꺼질 때까지는 그 밝음을 잃지 않는다. 그런데 당신의 내부에 있는 진리, 지혜, 정의가 당신의 생명보다도 먼저 꺼져버릴 수 있겠는가?

16 어떤 사람이 그릇된 행위를 했다고 생각될 때에는 당신 자신에게, '그것이 그릇된 행위라고 어떻게 확신할 수 있겠는가?' 라고 물어보라. 설사 그의 행위가 그릇된 것이라 하더라도, 자신의 얼굴을 할퀴듯이 그는 이미 자신을 꾸짖었다는 것을 기억하라.

악인이 그릇된 행위를 하지 않기를 바라는 것은 무화과나무에 신맛 나는 열매가 열리는 것과 어린아이가 우는 것과 말이 울부짖는 것과 그 밖에 모든 필연적인 일들이 일어나지 않기를 바라는 것과 같다. 악인이 그릇된 행위를 하는 것은 할 수 없는 일이 아닌가. 그러므로 만일 당신이 이런 일 때문에 분노를 느낀다면 그 태도를 고쳐라.

17 올바른 일이 아니면 행하지 말고, 진실이 아니면 말하지 말라. 그 결단은 어디까지나 당신에게 달려 있다.

18 항상 사물의 전체를 통찰하라. 당신의 머릿속에 어떤 생각이나 인상을 주는 것은 무엇인가? 그리고 그 사물의 원인과 소재, 목적, 수명 등으로 구분하여 알아보라.

19 당신의 내부에는 정욕을 일으켜 당신을 마음대로 조종하는 것보다 더 강하고 더 신성한 것이 있다는 것을 깨달아라. 지금 당신의 마음속에 무엇이 있는가? 공포인가? 의혹인가? 탐욕인가? 아니면 그 밖의 다른 것인가?

20 첫째, 무슨 일이든 목적 없이 행동하지 말라.
둘째, 공익이 아닌 다른 목적을 위해 행동하지 말라.

21 머지않아 당신은 무(無)로 되어 더 이상 어느 곳에도 존재하지 않게 될 것이라는 것을 생각해 보라. 또한 당신이 지금 보고 있는 모든 사물과 현재 살아 있는 모든 인간들도 그렇게 될 것이라는 사실을 기억하라. 왜냐하면 만물은 태어나서 변화하고 변형되어 사라지게 마련이다. 그것은 그 대신 다른 것들이 생겨날 수 있도록 하기 위해서이다.

22 모든 것은 당신의 주관에 불과하다는 것을 잊지 말라. 그 주관은 당신의 힘으로 좌우할 수 있다. 만일 당신이 원한다면 사물에 대한 당신의 판단을 제거하라. 그러면 당신은 마치 곶(岬)을 돌아 모든 것이 잔잔하고 파도가 일지 않는 만(灣)을 발견한 선원처럼 평온해질 것이다.

23 어떠한 행위이든 적당한 시기에 그만두면 아무런 해악도 입지 않으며, 행위자 자신도 아무런 해를 입지 않는다. 이와 마찬가지로, 온갖 행위의 결합인 우리의 인생도 적당한 시기에 끝내면 그 중단으로 인해 아무런 해도 입지 않을 것이며, 또한 이 행위의 연속을 적당한 시기에 중단시킨 자도 아무런 해를 입지 않는다. 그 시기와 한계를 결정하는 것은 자연이며, 늙어 죽는 경우처럼 자신의 본성이 결정하는 경우도 있다. 그러나 일반적으로는 우주의 자연이 결정하는 것으로, 그 자연의 각 부분이 변화됨으로써 우주는 항상 젊음과 활기를 유지하는 것이다.

따라서 우주의 자연에 유익한 것은 항상 아름답고 싱싱한 것이다. 그러므로 삶의 종말도 각 개인에게 나쁜 일이 아니다. 왜냐하면 그것은 우리의 의지에 속하는 일이 아니며, 공익에 어긋나는 일도 아니며, 아무런 수치도 아니기 때문이다. 오히려 그것은 바람직한 일이기도 하다. 왜냐하면 그것은 우주를 위해 적당한 시기에 일어나는 것이며, 우주를 이롭게 하는 일이며, 우주로부터 은혜를 받는 일이기 때문이다. 신과 같은 길을 가며, 신과 같은 목적을 향해 나아가는 자는 실로 신의 뜻에 따라 나아가는 자이다.

24 다음의 세 가지 충고를 항상 마음에 새겨두어라.

첫째, 행동함에 있어서 목적 없이 행동하지 말고 정의에 어긋나는 행동을 하지 말라. 그리고 외부의 모든 일들은 우연에 의한 것이거나 아니면 섭리에 의한 것임을 염두에 두고, 우연을 탓하거나 섭리를 비난해서는 안 된다는 것을 명심하라.

둘째, 각각의 인간은 그 씨가 뿌려진 때부터 영혼을 받을 때까지, 그리고 영혼을 받은 때부터 영혼을 반환할 때까지 어떤 상태에 있으며, 인간은 어떤 요소로 구성되어 있고, 어떤 요소로 분해되는가를 생각해 보라.

셋째, 만일 당신이 갑자기 하늘 위로 올라가서 모든 인간사를 내려다보고 얼마나 많은 종류와 양식들이 그 안에 들어 있는가를 깨닫는다면, 당신은 인류에 대한 경멸감을 느끼지 않을 수 없을 것이다. 그리고 당신은 공중에 올라갈 때마다 동일한 사물과 동일한 형태를 보고 또 이것들이 얼마나 덧없는가를 알게 될 것이다. 이런 것들을 자랑스럽게 여길 수 있을까?

25 당신의 견해를 버려라. 그러면 당신은 구제될 것이다. 당신의 견해를 버리는 것을 누가 방해할 수 있겠는가?

26 당신이 어떤 일에 대해 불만을 품고 있다면, 다음과 같은 점을 잊고 있는 것이다. 즉 모든 일은 우주의 본성에 따라 일어나며 당신에게 부당하게 행해진 모든 일은 당신 책임이 아니라는 것을 잊고 있다. 또한 이 세상에 일어나는 모든 일은 항상 그렇게 일어났으며, 앞으로도 그럴 것이고, 지금도 도처에서 이와 같이

일어나고 있다는 것을 잊고 있다. 그리고 또한 개인과 온 인류 사이의 인연이 얼마나 밀접한가를 잊고 있는 것이다. 왜냐하면 인류는 보잘것없는 피나 씨앗의 공동체가 아니라 이성의 공동체이기 때문이다. 또한 당신은 인간의 이성은 바로 신이며, 신으로부터 비롯되었음을 잊고 있는 것이다. 또한 당신 자신의 소유물은 하나도 없고 당신의 자녀도, 당신의 육신도, 당신의 영혼조차도 신으로부터 비롯되었다는 것을 잊고 있는 것이다. 끝으로 모든 것은 생각(주관)에 의해 좌우된다는 것과 모든 인간은 오직 현재만을 살며, 잃는 것도 또한 현재뿐이라는 것을 잊고 있다.

27 극도의 분노를 터뜨렸던 사람들, 최고의 영예를 누렸던 사람들과 불행을 당했던 사람들, 적의를 품었던 사람들과 그 밖의 다른 종류의 행복을 누렸던 사람들을 상기해 보라. 그리고 오늘날 그들은 모두 어디에 있는가를 생각해 보라. 연기와 재로 변했으며, 전설 속에 남아 있거나 아니면 전실 속에조차 남아 있지 않다. 또 자부심을 갖고 어떤 일에 열중한 사람들의 예를 생각해 보라. 예컨대 파비우스, 카툴리누스는 전원에서 어떻게 살았으며, 루키우스, 루푸스는 그의 정원에서 어떻게 살고, 바아아이의 스테르티니우스, 카프레아의 티베리우스, 그리고 베리우스 루푸스는 어떻게 살았는가.

그들이 그렇게 노력한 대상은 얼마나 보잘것없는 것이었는가! 그보다는 자신에게 주어진 여건의 범위 안에서 올바로 살고, 절제를 지키며, 신들에게 순종하는 편이 얼마나 보람 있는 일인가? 겸손이라는 껍질 속에 살고 있는 자만이야말로 가장 참을 수 없는 일이다.

28 '당신은 신들을 본 적이 있는가? 그토록 신들을 숭배하다니 당신은 신들이 존재한다고 확신하는가?' 라고 묻는 사람들에게 두 가지를 대답하고자 한다.

첫째, 신들은 우리의 눈으로도 볼 수 있다.(스토아학파에서는 태양과 별을 신들의 동료로 간주했다.) 둘째, 나는 내 영혼을 본 적은 없지만, 나의 영혼을 존중한다. 신들에 대해서도 마찬가지로 나는 항상 그들의 힘을 경험한다. 그래서 나는 신들이 존재한다고 확신하고, 신들을 숭배하는 것이다.

29 인생의 구원은 모든 사물을 철저히 통찰하고, 그것이 무엇인가, 그 소재는 무엇이며, 그리고 그 원인은 무엇인가를 살펴보는 데서 비롯된다. 온갖 정성을 기울여 올바른 것을 행하고 진실을 말해야 하며, 그리고 또 한 가지는 추호의 단절도 없이 선행을 계속해 나아감으로써 인생을 즐기는 것이다.

30 태양빛은 설사 벽이나 산이나 그 밖의 수많은 것들에 부딪쳐 분할되더라도 하나이다. 비록 그것이 아무리 수많은 물체로 분리되어 있다 하더라도 실체는 하나이다. 동물의 영혼은 그것이 각기 다른 비율로 수많은 본성으로 나누어진다 하더라도 모두 하나이다. 예지를 받은 영혼은 그것이 나누어져 있는 것처럼 보일지라도 모두 하나이다.

그러나 이상에서 말한 정신 이외의 부분들, 즉 호흡이나 그 밖에 감각이 없는 것들은 서로 아무런 관련도 없다. 그럼에도 불구하고 그것들은 어떤 동일성과 유사성의 인력에 의해서 서로 결부되어 있다. 그러나 정신은 본질적으로 동류(同類)에게 끌리고 결합되며, 정신이 지니고 있는 공동 의식은 결코 깨지지 않는 것이다.

31 당신이 더 오래 살기를 원하는 이유는 무엇인가? 감각적 쾌락을 맛보기 위해서인가? 성장도? 혹은 더 이상 성장하고 싶지 않은가? 말하는 능력을 사용하기 위해서인가? 사고 능력을 사용하기 위해서인가? 이상의 것들 중 욕망의 대상으로 삼을 가치가 있다고 생각되는 것은 무엇인가? 이들 모두가 당신에게 중요한 것이 아니라면 마지막 순간까지 이성과 신에 따라 살아가라. 그러나 그 이외의 다른 것들을 존중하고 죽음이 그러한 것들을 빼앗아 간다고 생각하여 슬퍼하는 것은 이성과 신을 존중하는 태도와는 상반되는 것임을 명심하라.

32 각자에게 할당되어 있는 시간은 무한한 시간의 심연 중 얼마나 미세한 부분인가! 우리에게 할당된 시간은 순식간에 영원 속으로 사라져버리는 것이다. 또 전체 사물의 얼마나 미세한 부분이 우리에게 할당되고, 전체 영혼의 얼마나 미세한 부분이 우리에게 할당되는가? 또한 지구 전체의 얼마나 작은 땅덩어리 위를 당신이 딛고 있는가! 이상을 상기하면서 당신 본성의 요구에 따라 행동하고, 우주의 본성이 당신에게 할당해 주는 모든 것을 견디어 내는 것 이외의 것은 중요한 것으로 생각하지 말라.

33 당신을 지배하는 이성은 당신을 어떻게 인도하고 있는가? 모든 것이 그것에 달려 있는 것이다. 그 밖의 일은 당신의 의지에 속하든, 속하지 않든 죽음과 연기에 불과하다.

34 쾌락을 선으로 간주하고 고통을 악으로 간주하는 사람들 조차도 죽음을 대수롭지 않은 것으로 여겼다는 사실만큼, 인간으로 하여금 죽음을 대수롭지 않은 것으로 생각하게 하는 것은 없다.

35 시간이 자기에게 가져다주는 것을 유일한 선으로 생각하고, 올바른 이성에 따르기만 하면 성취한 일이 많든 적든 결국은 마찬가지라고 생각하며, 세상을 바라보는 시간이 길어도 그만, 짧아도 그만이라고 생각하는 사람은 죽음조차도 두려워하지 않는다.

36 오, 인간이여! 당신은 이제까지 우주라는 거대한 도시의 시민이었다. 당신이 이 도시의 시민이었던 기간이 5년이건, 50년이건, 그것이 당신에게 무슨 문제인가? 이 도시의 법칙이 명하는 것은 모두 만인에게 평등하다. 그런데 불만을 품을 이유가 어디 있는가. 당신은 어떤 폭군이나 부당한 판결에 의해 이 도시로부터 쫓겨나는 것이 아니라 당신을 이 도시로 데리고 왔던 바로 그 자연에 의해 추방되는 것이다. 마치 희극 배우를 고용했던 연출가가 그 희극 배우를 해고하듯이.

'그러나 나는 5막을 전부 끝내지 않았습니다. 겨우 3막을 끝냈을 뿐입니다.' 라고 당신은 말하겠는가? 좋다. 그러나 당신의 인생에서는 3막이 전부이다. 왜냐하면 연극을 언제 끝낼 것인가를 결정하는 자는 일찍이 이 연극을 연출했다가 지금은 중단시키는 자이기 때문이다. 그러므로 당신이 연극의 연출이나 중단을 결정할 일이 아니다. 따라서 만족스러운 마음으로 떠나라. 당신을 해고시킨 자도 또한 만족해할 것이기 때문이다.

마르쿠스 아우렐리우스 연보

121년	마르쿠스 아우렐리우스는 하드리아누스 황제 5년 4월 26일, 아버지 안토니누스 베루스와 어머니 도미티아 루킬라의 아들로 태어나다.
127년(6세)	보통 17세가 되어야 입단이 허락되었으나, 하드리아누스 황제의 특별한 배려로 기사단에 들어가다.
128년(7세)	황제의 배려로 당시 유명한 종교 학교에 입학하다.
130년(9세)	아버지의 죽음. 외증조부 카틸리우스 세베루스는 마르쿠스를 학교 교육이 아닌 집에서 가정교사들로부터 배우게 하다. 이 중에서 수사학자인 프론토는 마르쿠스가 스토아 철학에 몰두할 때까지 큰 영향을 주었으며, 그와 주고받은 많은 편지들이 오늘날까지 전해지고 있다.
131년(10세)	이때부터 10대의 전반까지 별장에서 전원생활을 하며 심신 단련을 위해 힘쓰다.
132년(11세)	차츰 스토아 철학에 눈뜨게 되어 수사학보다는 철학을 중심적으로 공부하다. 그리하여 스토아 철학은 평생의 정신적 등불이 되고 양식이 되었다.
136년(15세)	성년식을 거행하다. 하드리아누스 황제의 소개로 루키우스 게이오니우스 코모두스의 딸 게이오니아 파비아와 약혼하다. 또한 하드리아누스 황제는 집정관 직에 있던 코모두스를 자신의 후계자로 정하다. 에픽테토스 죽음.
138년(17세)	코모두스가 갑자기 폐병으로 죽자, 하드리아누스는 안토니누스 피우스를 양자로 삼아 자신의 후계자로 정하다. 한편 마르쿠스 아우렐리우스는 하드리아누스 황제의 명에 따라 갑자기 폐병으로 죽은 코모두스의 아들인 루키

우스 게이오니우스 코모두스(당시 8세였음)와 함께 안토니누스 피우스의 양자가 되다. 하드리아누스 황제가 죽고 안토니누스 피우스가 황제에 오르다.

139년(18세) 피우스 황제는 일방적으로 마르쿠스와 파비우스의 약혼을 파혼하고, 자신의 딸이며 마르쿠스의 누이동생 격인 안토니누스 카렐리아 파우스티나와 약혼시키다. 마르쿠스는 피우스 황제의 후계자로 정해지다.

145년(24세) 파우스티나와 결혼하다.

146년(25세) 장녀가 태어나다. 이후 13명의 자녀를 두었으나 8명이 요절하고 1남 4녀만이 남았다. 이때부터 피우스 황제의 공동 통치자로서 실제 정치에 참여하게 되어 공직 생활, 상류 사교 생활에 많은 시간을 빼앗기다. 그러나 그런 번잡한 나날 속에서도 스토아 철학에 전념하다.

161년(40세) 피우스 황제의 죽음으로 마르쿠스 아우렐리우스가 황제로 즉위하며 의동생인 루키우스 베루스를 공동 황제로 삼다. 평화는 사라지고 외적의 침략 · 변방 야만족의 소란 등 외부로부터의 위협이 끊임없이 계속되다.

162년(41세) 동방의 파르티아인(스키타이족)이 시리아에 대한 로마 지배를 붕괴시켜, 속주(屬州) 카드파드키아와 로마 지배하의 아르메니아도 그 위협을 받다. 아우렐리우스의 명에 의해 루키우스 베루스가 동방을 원정하다.

165년(44세) 바빌로니아의 세레우게이아와 그 서북쪽에 있는 크테시폰을 정벌하다.

166년(45세) 동방 원정에서 돌아온 루키우스 베루스의 군대가 페스트를 전국에 퍼뜨려 189년까지 인구의 절반 정도가 죽었다.

북방의 야만족 마르코만니가 북부 이탈리아의 베로나까지 침략해 오다.

168년(47세) 침략해 온 마르코만니에 의해 점령되었던 북부 이탈리아를 탈환하다. 로마군은 이 반격으로 3년 후(171년) 오늘날의 스위스 지방까지 탈취하다.

169년(48세) 공동 황제인 루키우스 베루스가 죽자, 게르마니아가 다시 공격해 오다. 아우렐리우스는 다뉴브 강가에 진을 치고 그곳에서 생활하며 이때부터 명상록을 쓰기 시작하다.

170년(49세) 많은 야만족들과의 싸움이 계속되다.

171년(50세) 다뉴브 강을 건너 적진 깊숙이 반격해 들어가다.

174년(53세) 시실리의 총독이었던 아비디우스 카시우스는 아우렐리우스가 진중에서 죽었다는 소문을 퍼뜨리고, 자기 자신을 황제라고 자칭하며 반란을 일으키다.

176년(55세) 카시우스의 반란을 진압하기 위해 아시아로 떠나다. 카시우스는 자기의 부하 두 명에게 살해당하다. 이 원정 기간 동안에 소아시아에서 아내 파우스티나를 잃고, 로마로 돌아오다.

180년(59세) 북방의 싸움에서 돌아오는 도중 페스트에 걸려 3월 17일 지금의 빈에서 세상을 떠나다. 아우렐리우스의 유일한 아들 코모두스가 19세의 나이로 왕위를 이어받다.